長白山新派叢書

张福有 主编

张吉贵诗词选

张吉贵◎著

時代文藝出版社

图书在版编目（CIP）数据

张吉贵诗词选 / 张吉贵著. —长春：时代文艺出版社，2019.7
（长白山诗派丛书 / 张福有主编）

ISBN 978-7-5387-6067-5

Ⅰ. ①张… Ⅱ. ①张… Ⅲ. ①诗词－作品集－中国－当代 Ⅳ. ①I227

中国版本图书馆CIP数据核字（2019）第027906号

出 品 人　陈　琛
产品总监　郭力家
责任编辑　冀　洋
封面题字　王云坤
装帧设计　孙　利
排版制作　毛倩雯

张吉贵诗词选

张吉贵 著

出版发行 / 时代文艺出版社
地址 / 长春市福祉大路5788号　龙腾国际大厦A座15层　邮编 / 130118
总编办 / 0431-81629751　发行部 / 0431-81629755　北京开发部 / 010-63108163
官方微博 / weibo.com / tlapress　天猫旗舰店 / sdwycbsgf.tmall.com
印刷 / 三河市万龙印装有限公司
开本 / 710mm × 1000mm　1 / 16　字数 / 176千字　印张 / 12.75
版次 / 2019年7月第1版　印次 / 2019年7月第1次印刷　定价 / 77.00元

图书如有印装错误　请寄回印厂调换

巍峨长白　张福有 摄

⊙2011年8月22日，张福有在长白山天池

主编简介

张福有，别署养根斋，祖籍辽宁东港，1950年生于吉林集安良民村，中央党校研究生，研究员。中国文联全委，中国摄影家协会理事，中国作家协会会员，中国书法家协会会员。曾任集安县委办公室副主任，通化地委办公室副主任，吉林省委副秘书长兼办公厅副主任，白山市委副书记兼政协主席，吉林省委宣传部副部长（正厅长级）兼吉林省社科联党组书记、副主席，吉林省文联（吉林省作协）党组书记、副主席和吉林省社科院副院长，吉林省政协常委，中华诗词学会二届、三届副会长等。现为中华诗词学会顾问，吉林省诗词学会会长，长白山诗副社长，《长白山诗词》主编，吉林省长白山文化研究会会长，吉林省文史研究馆馆员，吉林师范大学客座教授，中国社科院东北工程专家组成员，吉林省文物局集安麻线高句丽碑、安图长白山神庙遗址、抚松枫林遗址专家组成员。著有《养根斋诗词选》《张福有诗词选续辑》《诗词曲律说解》《长白山诗词史话》《高句丽王陵统鉴》等，辑笺《长白山诗词选》，编著《长白山诗词论说》《百年苦旅》《集安麻线高句丽碑》等，主编《长白山池南撷韵》等三十多部，有三十多项考古新发现，填补空白，纠正误识误读。2012年荣获“全国优秀科普名家”称号。被《长白山诗词》和“诗词中国”推荐为：“吉林诗家”“中华诗人”。力行以诗证史，倾心培育长白山诗派，为长白山文化研究和建设做出开拓性贡献。

长白瀑布　张福有 摄

⊙张吉贵

作 者 简 介

张吉贵，汉族。1953年1月出生，吉林省集安市人。1970年参加工作。研究生学历。曾任矿长、厂长；集安市工业局、劳动局局长、集安市副市长；通化市招商局局长；通化县县长、县委书记；通化市市长助理、通化市人大常委会副主任、通化市政协原常务副主席、党组副书记；现任中华诗词学会会员，吉林省诗词学会副会长，通化市诗词学会名誉会长。

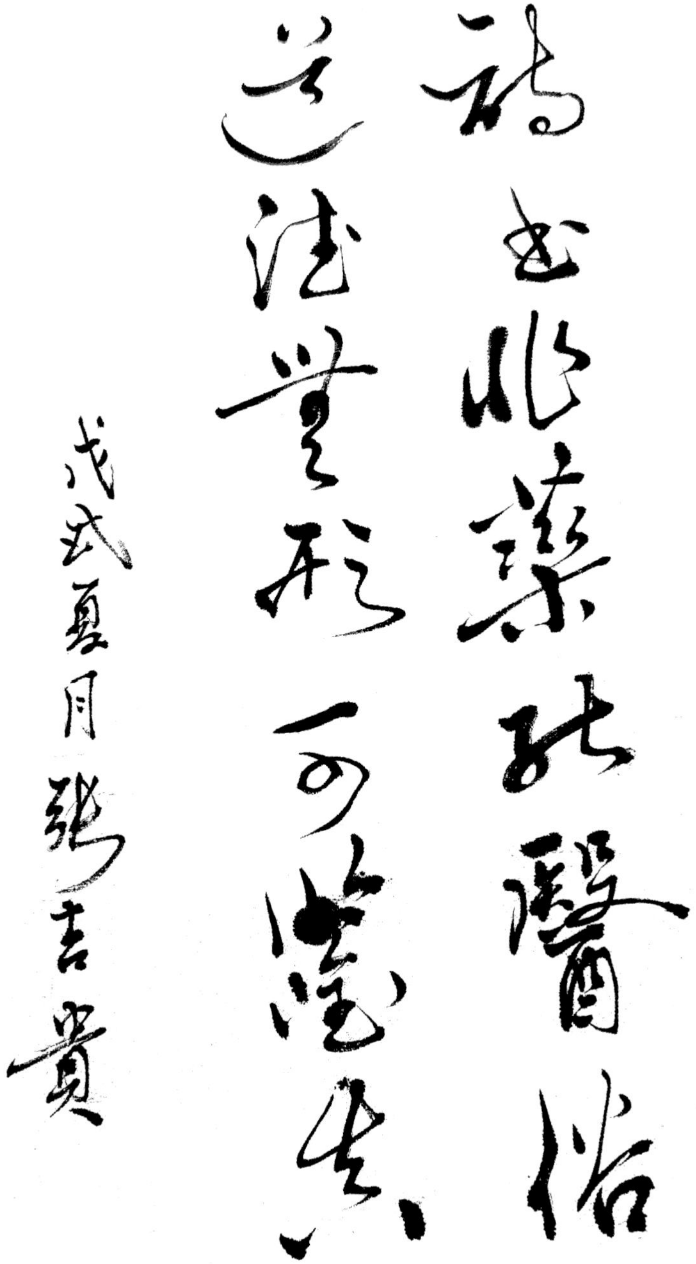

⊙ 张吉贵书法

总　　序

经过多年的策划，“长白山诗派丛书”今年终于全面启动了。

早在1994年春，时任中共白山市委副书记蒋力华建议拙斋编辑《长白山诗词选》，并云：“担纲者，非兄莫属也。”拙斋深感兹事体大意深，可做，亦应做好。只是时任中共吉林省委副秘书长兼办公厅副主任，分管综合、信息、督查等政务工作，没有时间去做。1996年5月9日，拙斋亦被省委派到白山，任中共白山市委副书记兼市政协主席。当晚席间，力华说：“老兄，《长白山诗词选》这回可以动手了吧？”我答：“此事现在真的可以做了。”

此后，两年的业余时间，均做此事，每天只睡两到四个小时。辛苦，但很充实，也很快乐。

1998年9月8日，拙斋在白山市主持召开了全国第三次长白山文化研讨会暨《长白山诗词选》首发式。应拙斋之请，时任吉林省政协主席张岳琦同志莅临会议。中华诗词学会孙轶青会长写来贺诗。中华诗词学会常务副会长、《中华诗词》杂志社社长梁东，副会长、《中华诗词》主编刘征，副会长兼秘书长、《中华诗词》常务副主编周笃文，副会长、《中华诗词》常务副主编杨金亭，副会长、河南省诗词学会会长林从龙，中华诗词学会顾问、广西政协副主席、诗词学会会长钟家佐，《诗刊》常务副主编丁国成，著名诗词理论家丁芒等国内诗词大家齐聚白山，共襄盛举。会上，诸位诗词界权威盛赞《长白山诗词选》的辑笺和出版发行。丁芒先生着重谈了《长白山诗词选》的史学意义。梁东先生说："白山市委能从历史文化遗产中吸取力量，从几千年历史中展望未来，难能可贵。"刘征先生说："张福有同志辑笺《长白山诗词选》的出版，为繁荣中华诗词做出了不可磨灭的贡献。"周笃文先生说："词的源头可以追溯到《纪辽东》。《长白山诗词选》收录了隋炀帝和王胄的《纪辽东》，既是对长白山文化的贡献，也是对中华诗词的贡献。"杨金亭先生说："随着《长白山诗词选》的出版，呼唤长白山诗派的出现。《长白山诗词选》的出版，不仅是张福有同志对长白山文化的贡献，对繁荣中华诗词也做出了不可磨灭的贡献。这部书的问世，为研究长白山文化在中华文化中的个性与特色，提供了资料。这对于建设长白山诗派，很有益处。现在，全国的诗词创作空前活跃，不足之处是缺少诗派，或者说，有的流派还在形成之中。随着《长白山诗词选》的出版，呼唤长白山诗派的出现。只有众多诗派形成之后，才能有真正的诗词的繁荣。"这都是十分难得、甚为宝贵的评价和建议。尤其是杨金亭先生的意见，对于我们吉林省的诗词创作，具有特别重要的指导意义。中华诗词学会这几位先生的重要讲话，均收录在2001年10月出版的《长白山诗词论说》一书中，由时代文艺出版社出版。

培育长白山诗词流派，最重要的是加强诗词建设。加强诗词建设，是一项宏大的事业，要将其作为事业来对待。要有事业心和责任感，在队伍建设、阵地建设、理论评论建设、风格流派建设等方面取得突破。就此问题，我们抓了三十年，大致分为三个阶段：

第一个阶段是前十年。从1987年5月15日吉林省诗词学会成立，到1998年9月8日全国第三次长白山文化研讨会暨《长白山诗词选》首发式的举办。这十年多，主要是打基础，从组织上做准备和铺垫。长白山诗社几位社长特别是文中俊先生，做了很多工作。这十年多，虽然没有明确吉林的诗词发展要以什么为目标和主攻方向，但加强队伍建设、办好《长白山诗词》，传承旧体诗词、发展和繁荣诗词创作等方面，是明确的，而且是非常重要的。这是打基础的阶段。

第二个阶段是中十年。从1998年9月8日到2008年9月12日，即从全国第三次长白山文化研讨会暨《长白山诗词选》首发式起，到吉林省诗词学会第二次会员代表大会的召开。主要目标是深入挖掘长白山诗词的历史底蕴，建立、健全各级诗词组织。

长白山诗词底蕴深厚，从《诗经》的“大东”“追”“貊”“商”，到词的源头《纪辽东》；从汉、魏、晋、唐、宋，到辽、金、元、明、清，长白山诗词源远流长，而且有优秀的传世作品。隋炀帝的《纪辽东》，唐太宗的《辽城望月》，李白的《高句丽》《送王孝廉觐省》，张元幹的《念奴娇》，萧太后的《秋猎》，王寂的《渡辽》，赵秉文的《长白山行》，刘敏中的《卜算子·长白山中作》，朱元璋的《鸭绿江》，康熙的《望祀长白山》《柳条边望月》《松花江放船歌》等，吴兆骞的《长白山》《长白山赋》，乾隆的《驻跸吉林境望叩长白山》《望祭长白山》《吉林览古杂咏》《吉林土风杂咏十二首》等，张凤台的《赠刘建封》，刘建封的《白山纪咏》等，十分珍贵，不可多得。尤其是“三吴”——吴兆骞、吴大澂、吴禄贞，二沈——沈承瑞、沈兆禔，“吉林三杰”——成多禄、宋小濂、徐鼐霖，在长白山诗派中都堪称独树一帜，成就斐然。

《长白山诗词选》出版之后，我又陆续查找到一些与长白山直接有关的诗词。如，从金代王寂的《张子固奉命封册长白山回以诗送之》七律中可知，金代是派张子固到长白山北的神庙即安图“宝马城”封册长白山神为“开天宏圣帝”的。此事，《金史》中无记载，是以诗证史的典型例证。2009年，我将王寂这首七律收录进《长白山池南撷韵》一书，由吉林人民出版社出版。从王寂《鸡儿花》的五律中，可知他在信州偏脸城中的大明寺住过。曹雪芹的祖父曹寅，随康熙东巡到过吉林，有词《满江红·乌拉江看雨》，可谓坚证。吴大澂在《皇华纪程》中留下很多诗词，一路上在吉林境内吃住过好多地方。其实，他在第一次奉使吉林时（光绪六年腊月十五晚）就住在敦化官地镇岗子村，当时叫通沟镇，通沟驿站就是吴大澂增设的。通沟驿站的位置，与现在的通沟书院紧相比邻，仅距几十米。这都是不可多得的力作和掌故。这些长白山诗词作品，奠定了长白山诗词流派的根基。这是一笔非常宝贵的精神文化遗产。

我们要培育、建设长白山诗词流派，首先要深刻认识古人这些长白山诗词作品的重要价值，从中汲取养分，才能将其很好地传承下去。全省多数市州和有条件的县市区，都建立了诗词组织。2001年，由翟志国选编的《长白山诗词精选》，收录了《长白山诗词》自1985年创刊到2000年十五年间的诗词精品，正式出版。2003年出版的拙著《一剪梅情缘》，事由李克谦先生发端，俞平伯之子俞润民、陈煦伉俪热心助力，欧阳中石先生题写书名，严迪昌先生作序，全国近三百位诗人参与，感动了全国诗词界，其中的主要文章被收入《中华诗词年鉴》。

《长白山诗词选》出版以后，得到书法家的高度重视。徐邦家先生率先书写，出版专著。全省很多县市的县志、市志中，选入与当地有关的长白山诗词。吉林省地方志办公室又让我从志书里的诗词中，选收《志咏长白》等一百首，专门出版。《长白山诗词百韵》，是根据蒋力华先生的提议，由我从《长白山诗词选》中选录的。这一百首诗词，周至清代六十首，民国十首，当代三十首。书已出版，书法作品还举办了展览。

第三个阶段是后十年。从2008年9月13日到2018年4月4日，即从吉林省诗词学会第二次会员代表大会的召开起，到这次编辑的“长白山诗派丛书”书稿送交时代文艺出版社。

2008年9月13日，我们召开了吉林省诗词学会第二次会员代表大会。经会长办公会讨论、张岳琦会长审定，我在报告中提出“发展振兴我省诗词事业，培育、建设长白山诗词流派，使之进一步融入全国诗词由复兴走向繁荣的大潮”的五项主要工作任务：一是，扩大诗词队伍，加强组织建设；二是，提高创作质量，办好《长白山诗词》；三是，深入生活，深入实际，多创作关心时事、反映现实、感悟人生的作品，使之成为诗词创作的主流；四是，加强对外交流；五是，与时俱进，积极开发电子网络传媒中的诗词活动。其中主要是通过大规模采风创作，锻炼、提高队伍，坚持出版大型主题诗词集。这期间，在集安、长白山池南区、江源、通化县、公主岭、白城、农安、辉南、珲春、图们、梅河口、通榆、长白山池北区、四平、东丰、吉林市龙潭区江密峰镇、敦化等地举办的诗词采风和诗词活动中，我们都反复强调培育、建设长白山诗词流派这一重要工作，形成共识，齐心协力地抓落实，见到显著成效。

2010年3月21日，中华诗词学会顾问、《中华诗词》主编杨金亭先生在我省农安诗人叶宝林的诗词研讨会上高兴地说：“可以说，长白山诗词流派，现在已经初步形成。”这是杨金亭等先生对吉林和东北诗词事业的充分肯定。

三十年间，我们主要做了以下工作：

一是，连续组织大型采风活动。

1. 2005年4月23—24日，关东诗阵第一届年会暨杏花诗会在白城市召开。

2. 2006年，关东诗阵年会暨百家诗人咏黄龙活动于7月12—13日在黄龙府农安召开。

3. 2007年4月29日—5月2日，在集安召开年会，著名诗人熊东遨、包德珍、韩林坤、张驰参加。出版采风诗集《历代诗人咏集安》。

4. 2008年3月16日，由耐寂轩主主编的《长白山诗词》刊发《关东诗阵专号》，共收关东作者一百三十余人，近五百首作品。

5. 2008年9月5—7日，由长白山池南区管委会、关东诗阵联办的“长白山池南颂采风之旅暨关东诗阵2008年年会”在长白山池南区召开。出版采风诗集《长白山池南撷韵》。

6. 2009年3月23日，在中共吉林省委宣传部的大力支持下，召开了《长白山池南撷韵》出版座谈会，来自吉林、黑龙江等地的六十多位作者代表出席。

7. 2009年6月12—14日，在公主岭市举办“公主岭诗乡之旅暨关东诗阵2009年年会”，著名诗人熊东遨、李枝葱参加。出版采风诗集《公主岭风韵》。

8. 2009年7月，通化县“酒海溢香”诗会。出版采风诗集《酒海溢香》。

9. 2009年9月28—30日，由白山市江源区、中华诗词论坛、吉林省诗词学会、长白山文化研究会主办，中共白山市江源区委宣传部、关东诗阵、江源区文化旅游局承办的“江源毓秀金秋采风”活动暨《百年苦旅》首发仪式、庆祝关东诗阵成立五周年大会在江源区举行，包德珍、张驰再度参加。出版采风诗集《江源毓秀》。

10. 2010年5月，举办白城杏花诗会，熊东遨、钱明锵参加。

11. 2010年7月6日，在辉南玛珥湖山庄举办“当代诗人咏辉南龙湾采风行”活动。出版采风诗集《当代诗人咏辉南》。

12. 2010年9月11日，农安诗会暨关东诗阵2010年年会。出版《黄龙逸韵》。

13. 2011年6月，再次组织通化县采风活动，召开关东诗阵2011年年会。出版采风诗集《诗人走进通化县》。

14. 2011年8月，《图们江放歌》出版。8月19日—21日，在图们市朝鲜族百年部落举行首发式，三十位诗友聚集一堂，围绕《图们江放歌》出版发行的历史意义、文化价值、培育长白山诗词流派等问题开展研讨。

15. 2011年12月，《辛卯开岁联唱集》出版。

16. 2012年7月20—22日，梅河口采风活动，召开关东诗阵2012年年会。采风作品收入《梅津汇律》《海龙吟》。

17. 2012年9月22—23日，《珲春韵汇》《延边礼赞》出版，为延边设州六十周年献上厚礼。

18. 2013年8月5—6日，通榆向海采风活动，召开关东诗阵2013年年会。出版采风诗集《鹤乡雅韵》。

19. 2014年5月28日，中共四平市铁东区委、区政府和四平市诗词学会，共同举办“纪念纳兰性德诞辰三百六十周年端午诗会”，吉林省诗词学会参加活动。

20. 2014年7月4—6日，《诗情画意鹿乡行》采风启动仪式在东丰县举行。“中华诗词论坛·关东诗阵”的主力五十位诗友参加采风，召开关东诗阵2014年年会。12月31日，中共东丰县委、县政府隆重召开《诗情画意鹿乡行》首发式，有七百多人参加。

21. 2014年8月28日，中华诗词学会主办的“寻梦纳兰性德祖地，走进诗情画意四平”诗词研讨会在四平市铁东区叶赫大架山晨亮会馆举行。全国诗人走进四平，省诗词学会大力支持。四平市诗词学会为了宣传纳兰性德祖居地，研究纳兰性德诗词，还举办了纳兰性德诗词大讲堂。

22. 2015年12月18—21日，“纪念刘建封诞辰一百五十周年长白山诗会”在长白山一山一蓝生态主题酒店举行。诗词中国组委会代表、中国出版集团中版文化传播公司总经理助理沈昊，向“诗词中国创作基地定点合作单位”一山一蓝生态主题酒店、长白山历史文化园授牌。2015年度关东诗阵年会召开。会后结集出版《韵补东荒》。

23. 2016年9月23—25日，吉林省诗词学会组织东北三省部分诗人在吉林市龙潭区江密峰镇采风。“精彩龙潭”诗词座谈会暨关东诗阵2016年年会在龙潭区档案馆召开。关东诗阵九名版主参加了这次活动。

24. 2017年4月29日—5月1日，“敖东绮韵”关东诗阵2017年年会在敦化举行。敦化市诗词学会和通沟书院于亚茹院长给以大力支持。

关东诗阵的年度采风，得到了吉林省委原书记王云坤的高度重视和鼎力支持，多次题写书名，得利了吉林省政协原主席、中华诗词学会顾问、省诗词学会老会长张岳琦和中共吉林省委原副书记、省诗词学会顾问唐宪强的大力支持。只要能脱开身，他们都尽量到采风市县参加活动。平时，也帮助省诗词学会解决不少难题。吴文昌同志曾任中共吉林省委组织部副部长、吉林省人事厅厅长等职，出任“中华诗词论坛·关东诗阵”首版助理，帮助论坛把关定向，做了很多重要工作。个人出版有《临清集》《俯仰集》等三本诗集。聂德祥同志退休前任吉林省诗词学会副会长，是学会资历最深的副会长，出版有《试剑集》和《虎啸集》，积累了大量资料和诗词档案，为学会的建设做了很多工作。在每年诗词采风之后的编书工作中，副会长翟志国的从严把关让人记忆犹新。出力最多的是副会长温瑞，眼明手快，加快了进度，保证了质量。副会长邵红霞和关东诗阵首版助理高丰清多次参与编书。除了采风之外，我们还根据中华诗词学会的部署，编辑出版了《中华诗词文库·吉林诗词卷》，堪称是对长白山诗词流派建设成果的一次集中检阅。我们还根据中华诗词学会的部署，编辑了《当代中华诗词集成·吉林卷》。

二是，坚持办好《长白山诗词》，出版具有地域特色的诗词作品集。《长白山诗词》，有国内外公开刊号，张岳琦主席提出明确的办刊理念：“扎传统之根，开时代之花，育佳作之林，建诗友之家。”双月刊，现已出刊一百四十八期。

在采风之后正式出版的大型主题诗集之外，我们还编辑出版了《香远溢清》《百年苦旅（诗贺）》《戍楼浩咏》《人民警察颂》《法书吟鉴（诗贺）》《李元才书法集（诗贺）》《白山纪咏》《雪域情怀》《纪辽东》《辛卯开岁联唱集》《松花玉咏》《长白山黑陶》《公主岭玉米之乡》《吴景升文集（诗贺）》等诗集。九台、德惠、农安及白山、集安、通化县等地，都有固定的诗词刊物和诗集出版。真可谓硕果累累，被中华诗词论坛张驰先生称为“关东诗阵现象”“吉林诗词现象”，被周笃文先生誉为“关东铁军”。

关东诗阵的历任首版及版主，无偿做了大量工作。《关东诗阵·精华卷》，从2004年10月，到2018年3月，共有一百六十二卷，收录精华诗词曲一万零五百八十五首（篇）。其中，诗七千三百一十首，词三百一十六首，曲九十五首，赋四篇，楹联十五副。吉林省诗词建设成就斐然，与长白山诗社序列在吉林省政协有直接关系。三十多年前，中共吉林省委强晓初书记大力支持成立长白山诗社和省诗词学会，诗社有编制、有经费、有公开正式刊号。张岳琦主席等吉林省政协主要领导继续大力支持，使得吉林的诗词事业不断发展。

在近十一年由吉林人民出版社等出版的二十多本大型主题诗集中，有诗词三万多首，其中约有两万首是相对集中写长白山的诗词作品。这是长白山诗词流派的重要内容和代表作。采风所得的丰富作品与大家平时创作的作品，构成“长白山诗派丛书”的坚实基础。出版《会意天风合律鸣》等八本诗词专辑的中共吉林省委宣传部原常务副部长、省诗词学会副会长蒋力华同志，对长白山诗词创作取得的这些丰硕成果，由衷地高兴，指出：建设“诗域吉林”，已经初见成效。

三是，重在培养提高创作队伍。吉林省内多数市州县区，都有诗词组织和刊物。很多诗人都出版了自己的诗词专辑，有的出版过多本。白城“四匹狼”、德惠“三花一剑”、磐石“草堂八友”、“佟江七子”、“通化八拙”等，名传省外。李容艳、陈淑艳等诗友将关东诗阵每年一度的采风创作称之为“拉练”。每次“拉练”，关东诗阵都是主力。以《长白山池南撷韵》为例，本书作者来自全国二十三个省、市、区一百九十八人，其中，东北三省九十八人，占近百分之五十。在东北三省的九十八人中，吉林省八十一人，占百分之八十二点七。在中华诗词学会举办的六届

“华夏诗词奖”中，先后有邵红霞、奚晓琳、张文学获一等奖，翟志国、于德水、褚艳芳、寇彦龙、李红光、赵丽萍、李振平获二等奖，刘庆霖、陈旭、吴菲、边郁忠、张彦、于海凤、吴文昌、田子馥、宋轼霖、张英玉、张景芳、叶剑波、冯振江、房爱广获优秀奖。其他奖项吉林诗人就更多了。

被诗词界誉为“诗坛铁军”的这支队伍，招之即来，来之能咏。人民出版社出版的《呼唤》，中华诗词学会第四次会员代表大会的志贺诗《蟹岛唱和集》，近三年恭王府的《海棠雅集》，在很短的时间内，我在大家的支持下，均约提供了二分之一的作者、三分之二的作品。

四是，积极争取发展繁荣长白山文化、长白山诗词进入吉林全省工作决策中。根据我们的建议，长白山文化建设包括长白山诗词建设，陆续被写入省党代会报告、省委全会的决议和省政府、省政协的工作报告中，写入省委常委会、省政协的年度工作要点中，真正进入全省的工作决策。这是前所未有的重大转变，标志着长白山文化、长白山诗词建设，已经由研究层面，进入到实施层面，意义重大，影响深远。这一重大转变的时点，恰逢长白山得名一千周年之际。据《辽史》记载，辽圣宗统和三十年（1012年），“长白山三十部女直乞授爵秩”，并有“长白山女直国大王府”“鸭绿江女直大王府”之说。女直即女真，因为避辽兴宗耶律宗真之讳，辽改女真为女直。在长白山得名一千周年之际，吉林省政协于2012年6月27日，在省宾馆成功地举办了长白山文化发展论坛，机遇巧合，意义殊深。时任省政协主席、后为省长、现为省委书记的巴音朝鲁主持会议，时任全国政协副主席孙家正到会做重要讲话，省政协副主席任凤霞主持第二阶段论坛，省政协书画院院长、省诗词学会副会长蒋力华具体负责筹备这次长白山文化发展论坛。著名学者余秋雨先生和我发表主旨演讲。我的讲演的重要内容，就是阐述长白山文化是代表吉林文化的标志性符号，长白山诗词是长白山文化的精粹，介绍长白山诗词流派的重要成果。

五是，凭借网络、手机等现代传媒手段，开展全国联动唱和。吉林省诗词学会与中华诗词论坛合办关东诗阵。有了这个平台，堪称如虎添翼。正是利用这一平台，从2005年开始，我发起了贺春唱和。每年从腊月廿三“小年”开始，到次年正月十五结束，开展同韵贺春唱和，成为当代中华诗词的一道靓丽风景。2011年春节，由沈鹏、周笃文、张福有、张岳琦四家发起辛卯开岁联唱，在内地及港澳台地区引起了热烈反响，上万名诗歌爱好者上网参与，以祈福祖国、讴歌时代和歌唱生活为主题的联唱，为新春佳节增添了浓郁的中国传统文化气息。仅半个月时间，高筑吟楼八百九十九楼，点击一万三千多人次，参与唱和的诗人遍布内地三十一个省、市、自治区、直辖市和香港、澳门特别行政区以及台湾地区。这是2005年春节以来贺春的高潮，内地三十一个省、市、区和港、澳、台地区三百多位诗人参与和诗，共得同韵和诗三百八十三首，陕西旅游出版社出版了《辛卯开岁联唱集》，《人民日报》2011年11月22日做了报道。2011年，张岳琦主席的“先”韵和我的“芳”韵唱和，仅半月时间，有近千人参加，加上步四家联韵，三韵共收和诗一千二百三十首，盛况空前，史无前例。周笃文先生盛赞曰：“真昭代祥瑞也！”“功德无量！”

2012年春节，更是高潮迭起。初一漏夜，书坛泰斗沈鹏先生以手机发给我七律的首联。我即转给周笃文先生得续颔联，返我后又接成颈联发给张岳琦先生，足成一律。我将其发至网上，并提示诗友云：为客岁四家联唱之继响也，不啻当今吟坛又一雅事。

从2005年乙酉到2016年丙申，地支满一轮，历经十二年，得内地三十一个省、市、区一千二百四十多位诗人响应，共得贺春和诗四千二百多首。2016年，我们悉遵蒋力华君雅意，以《长白山诗词》2016年增刊形式，编辑出版了《春韵满神州——十二年贺春唱和集》，收录一千二百**四十余位**作者两千六百多首诗。2017年和2018年，又收到一千余首同韵和诗。每年春节的贺春活动，都迅即传播到很多网站。贺春主题帖成为全国诗词界目前吟楼最高（超千层）、人气最旺（过万点）的热帖。广大网友评价，网上和诗迎春，堪称一个创举。这些活动的成功，发起者因势利导，组织者既是诗人，同时又能亲自上网。张岳琦同志和周笃文先生每天都亲自上网看稿，发现情况，随时沟通协调。在和诗过一百首、二百首、三百首、五百首之后，我们相继依原韵作诗感谢诗友。春节期间，我每天都在网上工作十六个小时左右，一千多楼的跟帖，除极个别者外，每帖必回，好的给以鼓励，致以谢意；遇有出律的和需要修改的，提出意见和建议，有的还要反复多次才能定稿并不断编帖。讨论中，充分发扬学术民主，尊重作者意见。同时面对近千名作者，我都通过论坛短信、电子邮箱和手机，及时掌握作者的姓名、地址、邮编、电话，建立通讯录，出书后，给作者寄书。

大量艰苦细致的工作，赢得了广大诗友的敬意和感佩。2011年春节，安徽诗人胡宁在回帖中写道："什么叫精气神？什么叫凝聚力？"张岳琦先生在给我的短信中写道："联句唱和，蔚为壮观。此乃今年诗坛特有的盛事！工作浩繁，完全是奉献。"周笃文先生称赞道："开岁诗联唱活动形成了一种新的网络文化现象，在互联网飞速发展并影响着人们生活的今天，还有这么一群诗歌爱好者拥有着健康向上浪漫诗意的过年方式，堪称诗坛铁军，真是奇迹！"并致信于我："爱兄之骆驼精神，诗坛殆罕其匹也！"周笃文先生欣慰地说："这次活动还是一次成功的探索，它激活传统，继雅开新；网络诗文，表现当代。"

每年网上贺春结束后，我都在蒋力华的支持下，选二三十首精品佳作转给《吉林日报》刊发，《长白山诗词》也选发百八十首，做到网刊互动。

2018年的贺春活动，共收到和诗四百五十多首。《长白山日报》以三个版的篇幅，刊发一百五十首。《协商新报》刊发五十首，《城市晚报》刊发三十六首，《长白山诗词》第3期刊发一百二十首。

六是，创立新词牌，精心创作继雅开新的标志性作品。马凯先生提出“求正容变”，周笃文先生提出“继雅开新”，深有见地。就此，我们做了一些探索。

（一）规范《纪辽东》词谱，三年多全国有二十八个省、市、区三百多位诗人创作《纪辽东》四千多首。隋炀帝，即杨广（569—618），首创《纪辽东》，堪称不朽。大业八年（612年），隋炀帝伐高句丽，渡辽水，大战于东岸，并作《纪辽东》。其中“轻歌凯捷丸都水”句，“丸都水”在《全汉三国晋南北朝诗》《隋书》和《奉天通志》中均作“九都水”，乃误。我在辑笺《长白山诗词选》时将其订正为“丸都水”。“丸都”，系高句丽都城国内城的守备城——丸都山城，在今吉林省集安市城西北二点五公里处。而九都，于历史、地理等方面均不确。“丸都水”，确指应为丸都山城下的通沟河。通沟，亦称豆谷、洞沟。1998年9月8日，时任中华诗词学会副会长兼秘书长周笃文先生指出，根据任半塘先生的论断，隋炀帝和王胄的《纪辽东》，当是词的源头。之后，周笃文先生还给我转来任半塘先生论及曲辞起源应始自隋代之大札，征引旁博，确凿不移。任半塘先生的论断是可信的。宋词源于唐曲子，唐曲子自燕乐出，实始于隋。这就将词起源于晚唐、中唐之说，又向前推进了。宋人郭茂倩明确指出：“《纪辽东》，隋炀帝所作也。”即录以冠“近代曲辞”。龙沐勋肯定《纪辽东》“为倚声制词之祖”，“为词体之所托始”，这应当是不争之定说。隋炀帝的《纪辽东》，传到敦煌莫高窟中，以《求因果》为名，有四十五首。之后，两宋、金、明、清历代，都不乏类似《纪辽东》的词作，只是调以《武陵春》《贺圣朝》《导引》《祝英台》《双头莲令》《隔溪梅引》《阮郎归》变格等别名。这些词牌及作品与《求因果》《纪辽东》在体式上的联系在于“七五为章”，上下两片，四十八个字；差异在于平仄、韵脚变化增多且不换韵。词之源头，是隋炀帝的《纪辽东》。《纪辽东》，开长白山诗词之先河。词的源头能与世界文化遗产吉林集安之丸都山城乃至长白山文化相连，实为中华诗词发展史上之佳趣，更是长白山文化、长白山诗词、集安文苑中不可多得之瑰宝。2009年秋，我借《江源毓秀》创作之机，依隋词体格，作七言五言，双调联章，边创作边作规范平仄与用韵。以七律格式为底本，对于五言句，减偶数句七言句前二字。共得四种格式，就首句末二字论，有平平脚、仄平脚、平仄脚、仄仄脚四种，兼有些许变化。平仄粘对同律，词性不用对仗。仄平脚句要防孤平，可用拗救。此外，一三五不论，二四六分明。平收，均用平韵。仄收，同韵部叶仄，也可不叶。拙文在《长白山诗词》2009年第6期和“中华诗词论坛·关东诗阵”发出之后，立即得到周笃文先生的鼎力支持，挤出宝贵时间惠赐《贺〈纪辽东〉词谱问世寄张福有并序》，誉之为：“《纪辽东》词谱得福有兄悉心整理，厘定四格并亲制六组二十四阕，以为发凡起例。此大功德也，堪称不负平生之名山事业。”《中华诗词》2010年第8期，刊登了拙文《规范词谱传承〈纪辽东〉》。2010年9月25日，我在全国第二十四届（浙江乐清）中华诗词暨夏承焘、吴鹭山学术研讨会上宣读了《规范词谱传承〈纪辽东〉》的论文，此后，又上来一些作品。至此，可以说我们传承《纪辽东》的初衷完全得以实现。2011年4月，吉林人民出版社出版的《纪辽东》专辑，收录《纪辽东》一千八百一十五首。当隋炀帝初征高句丽、创作《纪辽东》一千四百周年之际，《纪辽东》突破四千首。仅蒋力华一人，就创作《纪辽东》四百多首，出版《纪辽东》专辑《天风直引大荒边》。李容艳以刘建封与拙斋的六十首《白山纪咏》为题材，一气呵成专题纪咏《纪辽东》六十首。繁荣《纪辽东》，以慰先贤，期启后世，已成现实。

（二）张文学创《玉甸凉》词体。《纪辽东》是整理古词，规范词谱所得。纯属吉林诗人自创词谱，近年有《玉甸凉》《一剪梅引》《海龙吟》。2007年，吉林省诗词学会副会长张文学先生草创《玉甸凉》，当时自度一曲，因词中有“玉甸生凉”，长春女诗人吴菲建议以《玉甸凉》名之。温瑞等整理了《玉甸凉》词谱，遂得一百九十四首《玉甸凉》作品。后来得知《新修康熙词谱》中有《玉簟凉》，音同意别格异，乃一趣也。

（三）赵光泽自度词，我帮其修改并制《一剪梅引》词谱，得佳作二百八十多首。2010年7月23日，我们与通化市诗词学会和辉南县诗词学会共同组织了“当代诗人咏辉南”采风创作活动。辉南县诗词学会会长赵光泽等自度一曲《辉发怀古》，在括号中标明：“自度，无名，请养根斋斧正赐谱为盼。”初稿共十句，一百零四字。我当时正在图们市参加“图们江文化研讨会”，起早试改并制谱。这个谱十分好记，就是将《一剪梅》在七字句前加一相对的七言律句，并作为一片。再重复一片，即为全词。叠韵处，可以不用叠韵，而选用“红了樱桃，绿了芭蕉”式的对偶韵句。但韵脚过密会给创作增加难度。第一个四字句不押韵亦可，如“燕子回时，独上西楼”。通过网上讨论，温瑞整理了六式词谱，迅即掀起创作热潮，辉南采风期间，创作三百多首《一剪梅引》，《当代诗人咏辉南》一书中选编二百二十多首。2010年，在侯振和先生建议下，又收到《一剪梅引》近百首，《图们江放歌》一书中选编六十六首。这两部诗集所收三百首《一剪梅引》，多为精品。

（四）我创《海龙吟》词谱，出版专辑。2012年夏日，为商定梅河口采风暨中华诗词论坛成立十周年事，我三下梅河口。市政协及市诗词学会遵市委领导同志意见，高度重视，精心设计，诸多要项、细节，日渐清晰。王志明兄提示，江源采风，《纪辽东》兴；辉南与图们采风，《一剪梅引》新牌创立得获颇丰。梅河口采风，亦应有所标记。李延平录白万金考乾隆诗《海兰河屯有序》予拙斋，得知“海兰霍吞”即“海兰河屯”。此地多生榆树，故民间称为榆城。遂认同“海龙”当为“海兰”之异写。读罢取其题与序中“海”字、诗文中“龙”字，亦恰合梅河口市旧名海龙县，又近词牌《水龙吟》，故作《海龙吟》，双调小令，四十二字，四仄韵，上下片六言句，宜用对仗。结，五字句，宜去声一字领，上一下四。

主要句式，从《水龙吟》中析出，求其简便。有了词谱，我先抛砖，率作二十六首《海龙吟》。梅河口采风期间，共收到《海龙吟》一千五百多首，选编一千二百三十四首，在吉林人民出版社出版了《海龙吟》专辑。

长白山文化是古老的，长白山诗词的传承是全新的。我们比较注意防止对长白山文化、长白山诗词的误解与误导。针对“东陲无文”“长白山没有文化”之类的片面认识，多做一些说明和介绍。特别是利用我们在考古田野调查中的新发现，深化对东北史和长白山区开发史、长白山诗词发展史的研究。

2014年10月20日8时31分，我在抚松发现枫林遗址和长白山手斧。手斧是打制的，是旧石器概念。据吉林大学教授、中国考古学会旧石器专业委员会副主任陈全家先生鉴定，长白山手斧距今约五万年，石斧是磨制的，是新石器概念。手斧是人类第一次懂得对称美、掌握对称艺术制成的生产劳动工具。2015年7月7日下午4时29分，我在抚松漫江发现长白山石磬，后经专家鉴定，将其定名为“长白山石磬1号”，一磬双音，小三度，应是新石器时代的打击乐器。原始人的诗性思维，与长白山人的诗意创造，在一开始就浑然一体！因而，诗意长白，是长白山人伟大的历史创举和不朽杰作。长白山手斧与长白山石磬，本身就是绝妙的史前诗。

我们今天所用“长白山诗派”这个概念，有其特定的含义。长白山雄伟壮丽的自然景观，是诗词创作的不竭源泉；深厚的历史文化底蕴，是诗词创作的牢固根基；反映长白山文化建设的成果，是诗词创作的重要题材；保护长白山生态、发展长白山文化产业的需求，是诗词创作的持久动力。这些方面，是对长白山诗派的直观诠释和诗意表达。

近些年来，我们在长白县发现战国时赵国的积坛，连同此前曾在长白县八道沟发现赵国蔺相如的青铜戈，考证在集安阳岔发现的赵国阳安君李跻的青铜短剑，在集安的良民发现公元247年东川王所筑高句丽的第一个平壤城，考证辽源龙首山城一带是扶余的后期王城，燕秦汉长城到了吉林境内，《史记》中的“筑障塞”，《汉书》中的“起营塞”，通化平岗山祭坛和敦化官地岗子遗址、岗子类型的全新发现，为寻找燕赵文化东进、汉代郡县和史书中的挹娄、靺鞨白山部及渤海国东牟山，开拓了全新的视野。考古田野调查为长白山文化研究和长白山诗词创作，提出了很多新课题。围绕这些新发现，诗人写了很多诗词，经常在《长白山诗词》上发专栏，在“关东诗阵文库”中建专题。通过诗词创作，积累以诗证史的资料，进而认清这些新发现和新研究成果的重大历史文化价值，这对于正确揭示长白山地区的开发史、提升东北文化软实力，具有重要意义。

所谓长白山诗词，是指描写长白山景物与风土人情的旧体诗词。古今中外，有关长白山的诗词是大量的。长白山诗派的成果，是诗意长白的创作载体和诗化结晶。

长白山诗词流派是历史形成的。从唐宋到辽金，从元明到清，特别是有清一代，长白山诗词十分丰富。纳兰性德，祖籍四平叶赫，其词被称为“北宋以来，一人而已”。著有《东海渔歌》的清代女词家顾春，祖籍汪清，其祖父鄂昌是雍正朝权臣大学士鄂尔太之侄，词名远播。二人被誉“男有成容若，女有太清春”，这二人堪称长白山诗词流派的重要代表。《白山诗介》是乾隆、嘉庆年间由铁保编纂的诗集，共十卷。清代，八旗文人把诗词作品辑成总集，均在题目上冠以“白山”二字。除《白山诗介》外，还有三部：雍正年间由伊福纳编纂的《白山诗钞》，四十余卷；乾隆初由卓其图编纂的《白山诗存》（卷数未清）；光绪、宣统之际，由杨钟羲编纂的《白山词介》五卷。这些汇辑满族诗人的诗词集，均用“白山”来冠名，已经被称为“白山文学流派”。还有《白山诗草》，程渲著。还有《长白山诗》，作者均为满洲已故之人。铁保编著《熙朝雅颂集》的前半部，全是白山诗选。《大东景运集》亦为铁保所辑，收近二百家满族诗人作品，分立小传，标明诗之源流。还有流放宁古塔的清代流人诗，多有佳作、力作。惜目前所见对于清诗流派的研究专著，无涉长白诗派。对于当代长白山诗词，有的研究专著也未置一词，不免遗憾。

长白山诗派，是从历史上白山文学流派中析出之一支。长白山诗词作品的风格，向以“拙、重、大”为标志。王寂在金朝鼎盛时期，以诗词考得进士，以文章政事显称于世。其诗诸如“按辔澄清须我辈，据鞍矍铄奈吾身”，不掩舍我其谁之志；“只凭忠信行蛮貊，岂有文章动鬼神”，毫无委曲求全之音。其诗文清刻镵露，博大疏放，是金代“国朝文派”的代表性人物，其特征是具有“质朴贞刚”的文化气质。此论堪称定评。这一“质朴贞刚”的文化气质，到有清一代，大家林立。吴兆骞的“长白雄东北，嵯峨俯塞州”，“白雪横千嶂，青天泻二流”，沈承瑞的“龙形蟠大野，云气撼沧溟”，“混同天一色，长白雪千堆”，“吉林三杰”翘楚成多禄的“断垒十重摇树色，大江三面走秋声。老来别有兴亡感，不向西风诉不平”均堪称代表作。这类作品，铿锵有力，远胜咿呀软语。今人张文学的“纵使八千岁，也入大荒东”“乔岳巍巍何太白，披甲傲苍穹”“湛湛天池清虚砚，愿将吾、砚尽俱成墨。大写意，忘情泼”，毫无酸腐气，脍炙人口。他的《水调歌头》《金缕曲》，皆以豪放著称，首首俱佳，几乎成品牌。古往今来的一大批诗人、一大批作品，均可列出一大批佳作。加之状写长白山土产、风情、史典、田园的诗、词、曲，乾隆以降，代不乏人，迄今可举黄龙府刘庆霖、东辽温瑞、边台聂德祥以及丸都、梅津、柳河、大东、公主岭乃至辽海、黑水等诸家例证。

不难看出，从金代的“国朝文派”到清代的“白山学派”，逦至今之长白山诗派，一脉相承。长白山诗派，是从历史上的“国朝文派”“白山学派”延续而来的，还将继续发展，不断壮大、完善。

对于长白山诗派，近年来陆续有一些研究论文发表：

蒋力华：《研究长白山文化　弘扬长白山精神》，《社会科学战线》1994年第6期。

张福有：《诗吟长白二千年》，《学问》2001年第1期。

张福有：《长白山诗词探源》，《学问》2001年第6期。

张福有：《试论长白山诗词及其流派》，《学问·东北史地》2004年第11期。

张福有：《长白山文化述要》，《长白学刊》2007年第5期。

赵丽萍：《解读长白山文化的恢宏卷帙——关于〈百年苦旅〉话题》，2012年5月10日《吉林日报》；《韵补东荒》，吉林文史出版社，2018年3月出版。

李容艳：《长白山诗词流派的重要使命》，2012年8月16日《吉林日报》。

王景珍：《日益壮大的长白山诗词流派》，2012年9月13日《吉林日报》。

张英玉：《试谈〈纪辽东〉对长白山诗歌流派的传承意义》，2012年11月1日，《吉林省第七次长白山文化研讨会论文集》。

贾维姝：《从长白山诗词流派看长白山文化的包容性》，2012年11月1日，《吉林省第七次长白山文化研讨会论文集》。

赵凌坤：《长白山诗词流派对长白山文化的历史贡献》，2012年11月1日，《吉林省第七次长白山文化研讨会论文集》。

王丽珠：《长白山文化的核心价值》，2012年11月8日《吉林日报》。

沈鹏云：《长白山诗词：长白山文化的精粹》，2012年12月13日《吉林日报》。

张福有：《长白山诗词流派建设刍议》，《中华诗词》2014年第7期。

黄春华：《长白山诗词述论》，《社会科学战线》2015年第6期；《韵补东荒》，吉林文史出版社，2018年3月出版。

这套“长白山诗派丛书”，先由吉林省长白山文化研究会申请了“吉林省扶持优秀文艺作品专项资金”。这是贯彻落实《长白山文化建设规划纲要》和中共吉林省委长白山文化建设工作会议精神的一项实际措施。编辑出版“长白山诗派丛书”，旨在落实习近平新时代中国特色社会主义思想，加强长白山诗词流派建设，传承长白山文化，以诗词的形式弘扬长白山精神，巩固改革开放和文化建设的成果，增强文化自信，增强长白山文化与长白山诗词的生命力、影响力和感染力，以诗纪事，以诗化人，以诗证史，增加学术储备，提升国家和东北边疆软实力。

“长白山诗派丛书”的基本选题，主要围绕：史迹寻踪，关于写东北历史文化、历史事件、文物古迹、已故人物、英烈事迹等作品；情系山河，关于写东北山水、自然风光、冰雪雾凇等作品，酌收向海鹤、东北虎等自然物产作品；城乡焕彩，关于写东北城市建设、工商事业、新兴产业、农村建设、田园风光等作品；风土弥淳，关于东北风土民情、风俗习惯、民间文化等作品。包括松花石、梅花鹿等咏物作品，酌收日常生活、咏物作品；吟旅扬旌，关于长白山文化建设、关东诗阵、诗事活动、诗乡创建、诗友酬唱等作品。

“长白山诗派丛书”的体量，每本收录作品五百至一千五百首不等，视不同作者情况，可上下浮动。数量服从内容的质量。

在编排上，予以灵活处理，由作者自定。可以分类、分词牌等，也可以按时间顺序，亦可分类后仍以时间为序。丛书有总序、总跋，亦可有个序、后记。

在数量上和入选人员上，开始考虑按长白山天池、松花江、鸭绿江、图们江及牡丹江、浑江、东辽河、嫩江等为脉络，列出各水系的三百位诗人。每人一卷，计三百卷。这样做，诗派如流，形象直观。但因进度不一，难以操作。后来，协助时代文艺出版社向中共吉林省委宣传部申报了文化产业专项基金，2018年先出三十卷，以后视情况续出，争取出版一百卷。

编辑、出版“长白山诗派丛书”，前无古人，纯属开创先河。2018年3月15日，我们在吉林省政协同馨宾馆召开了在长会长（扩大）会议，决定正式启动“长白山诗派丛书”编辑工作，成立了编委会，仅在二十天中，就交齐第一批书稿。全部书稿，在6月底前交完，2019年出书。

2017年1月6日，习近平总书记在十八届中央纪委第七次全会上的重要讲话中指出，“依靠文化自信坚定理想信念”，“以文化自信支撑政治定力”。文化自信是文化定力和支撑力的基础。人生和社会，都不能以搞笑为支撑。宋人张耒写过：“支撑诽笑中，久乃化而靡。”至今读来，仍发人深省。文化支撑力是生命的灵魂。我国优秀的传统文化，培育和造就了历代知识分子自强不息的支撑力精神。唐诗中有牛僧孺的“地祇愁垫压，鳌足困支撑”诗句，宋词中有姚勉的“信天生英杰，正为国计；擎天著柱，要自支撑”的词句，元曲中有汪元亨的“梅出脱林逋，菊支撑陶令，鱼成就严陵”的曲句。这种支撑力精神，给我们以极大的鞭策。拙句中有“奥壤不咸名大东，支撑引领构时空”等。蒋力华君亦有“白发山中飘雪，崎岖健足支撑”的词句。时代虽不同，但这种崇尚自重自强、自力自撑的人文精神，是一脉相承的。诗意长白、诗梦长白、诗魂长白的支撑力精神，是一以贯之的。这是真正的洪荒之力！

长白山诗派所面对的，是长白山诗词的昨天、今天和明天。长白山诗派的昨天，应是刘建封所咏：“走过大荒三百里，居然此处有桃源。”长白山诗派的今天，许是拙斋所咏：“浪花不废难淘尽，始信东陲有奥文。”长白山诗派的明天，或是沈兆禔所咏：“莫谓鸡林少竹枝，才人塞上补新词。”

墨西哥人马里奥·谢赫楠有名言：“我们终于有机会面对神秘的过去，仿佛是进入梦一样的境界，一片需要我们去发掘、诠释、赞美和加以保护的活化石。”阿根廷女诗人阿方斯娜·斯托尔妮有名言：“我感到，陌生人，在你的存在里，我被延长。”叙利亚诗人阿多尼斯有名言：

“没有诗的未来是不值得期待的。”从这些来自域外的警言中，我们可获启迪。

今年是公元2018年。从今回溯两千年，是公元18年。《长白山诗词选》中第一位有确切作者名字的诗人是高句丽第二代王琉璃明王类利。他于公元18年辞世，至今正好两千年。类利所作《黄鸟歌》：“翩翩黄鸟，雌雄相依。念我之独，谁其与归。”完全是《诗经》风格的四言诗。这首诗，写于公元前17年，距今已二千零三十五年了。《黄鸟歌》能传下来，堪称奇迹！公元245年，亲征高句丽第十一代王东川王的三国魏将毌丘俭，班师后只写了两句诗《之辽东》：“忧责重山岳，谁能为我檐？”这里的“檐”，是“擔”即“担”。距今一千七百七十三年。收录本丛书的拙卷，约一千五百首诗词中，有四十六首含“忧责”一词，出现频率极高，不少诗友也都随我用过“忧责”一词。概因“忧责”一词被毌丘俭用过后，《后汉书》《晋书》等不时出现，这个古老的词汇并未消亡，表示“沉重的担子和责任”的“忧责”，已经成为长白山诗派中的一个标志性词汇，有其特殊意义。一千四百零六年前，隋炀帝作《纪辽东》，写道：“轻歌凯捷丸都水，归宴洛阳宫。”一千三百七十三年前，唐太宗李世民作《辽城望月》，写道：“驻跸俯丸都，停观妖氛灭。”丸都，是我的故乡。读着写故乡的古典诗词，怎能不动情？从今回溯一千二百五十六年前的公元762年，是诗仙李白辞世之年。李白的《高句丽》《送王孝廉觐省》，成为长白山诗词中的瑰宝。苏东坡的“人参”，陆游的“鸭绿江”，张元幹的“山拥鸡林，江澄鸭绿”，距今均在八九百年之间。从今回溯一千年，是公元1018年。当年，柳永三十八岁。他在《点绛唇·伤感》中写道：“辽鹤归来，故乡多少伤心地。”“辽鹤”，是长白山诗词中的著名典故。至今读来，倍感亲切。故乡情结，古今一也。陆游在诗中所写：“生计且支撑，小康何敢望？”如今，在习近平新时代中国特色社会主义思想指引下，全国全面决胜小康，胜利在即，我们怎能不心潮澎湃！

两千年啊，多么漫长！

两千年啊，又是多么短暂！

在类利、毌丘俭、隋炀帝、唐太宗、李白、柳永、苏东坡、陆游、张元幹、王寂、赵秉文、朱元璋、康熙、乾隆、吴兆骞、吴大澂等诸多先贤的眼里，我辈皆属陌生人。可是，对他们和他们的杰作，我们却并不陌生。所以，今天的诗词，有很多是留给我们的陌生人的。“一百卷前无处找，二千年后有人搜。”“忧责不期当世解，祸患为免后人罹。”对此，我坚信不疑。

文化自信，是一个国家和民族的“魂”与“根”。学诗、写诗，有助于把魂定稳、把根留住。昨天是神秘的。今天是需要很好把握的。明天是值得期待的。愿我们在不懈努力的拼搏奋斗中，使我们所创作的诗词如同长白山的山水林田、沙石草木一样，一起留给未来、留给陌生人。让我们共同期待吧！

“长白山诗派丛书”总序赘语

鸡林得韵纪春秋，底事山翁退不休。
一百卷前无处找，二千年后有人搜。
钻研词谱承杨广，细辨江声禀陆游。
诗境涵生长白梦，草根也为子孙留。

張福有

2018年5月17日于长春养根斋

序

党的十九大做出了“中国特色社会主义已经进入了新时代”的重要判断。这个新时代，实质是中国人民进入了由富变强，实现伟大中国梦的重要时代。盛世难逢，百业正兴。在这样的大背景下，传承和发扬中华五千年的历史文化是我们国人不可推卸的历史责任。作为一名当代诗人要以激昂的热情，正确的思想，深入的体察，为这个新气象、新风貌的新时代而创作。身为一个吉林人更要有所作为，为吉林的文化进步和发展，为打造长白山诗词流派而努力工作、努力创作。“长白山诗派丛书”的出版，可以说是吉林文化进步尤其是弘扬和传承中国历史文化的重要举措，也是长白山文化发展阶段性成果的重要里程碑。

我为诗词爱好者，多年来始终热衷于参与推动长白山诗词发展壮大的各项活动，并努力学习积极创作，用诗词这个文体形式，为吉林、为长白山、为家乡写下了我的心得和体会。说来惭愧，胸无点墨，学无半车，焉敢刊集？好在不耻下问，虚心求教，又有诸多老师指导使我渐有长进。

对于诗词，我早有属意。诗可言志，词可抒怀。《毛诗大序》曰：“诗者，志之所之也；在心为志，发言为诗。”孔子曰：“不学礼，无以立。不学诗，无以言。”故而，诗乃陶冶情操之熔炉，涵养意趣之桃园。“诗书非药能医俗，道德无形可鉴真。”诗经六义，延承至今，影响深远。诗词，乃中华之特有，国之瑰宝，它沉淀了千百年之人生喜怒，诠释斗转星移之沧桑哀乐。诗词之旋律，融以千年底蕴，音传韵扬，博大精深。唐宋以后，无不为诗，经世传唱。我极爱唐诗，感其意兴盎然，气骨端翔之境界；韵幽律雅，豪放浪漫之韵味，我常将自己的喜怒哀乐，沉浮迷茫融入其中，借此得以释怀。我尤喜宋词，婉约激荡、朴素自然之手法和抒发理想、沉郁顿挫之风格，将晓风残月、哀婉凄伤，尽以抒放。读诗品其性，得观笔者之情操；求诗欲其扬，陶冶吟者之德品。好诗如甘，其净化灵魂、升华情感之魅力，极夺心目。词如醇，其排闼心境、物我两忘之喜悦，如饮香茗。

而今，机遇难求，时不我待。借“长白山诗派丛书”出版之东风，吟鞭再举，尽发余热，为长白山诗派之发展，为吉林文化事业之振兴，再投拙笔，尽情咏唱。

张吉贵

2018 年 6 月 3 日

目　录

002 | 张福有：总序
024 | 张吉贵：序

卷一　绝句

002 | 和桓州旧友立春四首
002 | 醉春
003 | 立春二首
003 | 窗花
003 | 题通化县小城
004 | 再题通化县小城
004 | 腊八
004 | 新年畅想
004 | 新雪寄梅
005 | 长白寻梅
005 | 诗词年会有寄

005 | 通榆香海寺
005 | 松原风力发电
006 | 蒙古黄榆
006 | 向海眺晚
006 | 墨宝园感叹
006 | 碑林咏叹
007 | 向海咏叹
007 | 玉甸感怀
007 | 瞻榆老树
007 | 丹顶鹤
008 | 和桓州旧友三首
008 | 题图
008 | 有寄
009 | 祝大唐兄早日康复
009 | 感春三首
010 | 癸巳惊蛰闲咏
010 | 乱雪不应春
010 | 癸巳拜年二首
011 | 天露葡萄酒
011 | 天露五味子酒
011 | 天露邀客
011 | 感秋四绝
012 | 驮道岭云海得句五首
013 | 题罪槐
013 | 渔歌晚唱
013 | 梅津晨摄

014 | 磨盘山沉情
014 | 山溪听水
014 | 龙泉寺经声
014 | 磨盘湖秋想
015 | 咏竹三绝
015 | 竹林
015 | 参加佛学会有感
016 | 题照三绝
016 | 凌波戏浪蓼花洲
016 | 桃花开又落
017 | 题红衣少女图
017 | 堤柳踏青
017 | 春思
017 | 夕阳感叹
018 | 小聚
018 | 有和
018 | 2012 年通化诗词学会发起接龙贺春五十首
025 | 霞红溪水
026 | 万通小酌
026 | 杂咏四首
027 | 悼祭
027 | 新岭小学琴书表演
027 | 柳絮
027 | 石湖露营
028 | 江边漫步
028 | 秋深

028 | 慈母
028 | 感秋
029 | 悦秋
029 | 醉秋
029 | 丰秋
029 | 霜秋
030 | 忙秋
030 | 花海露营
030 | 伤秋
030 | 问秋
031 | 江边踏秋
031 | 咏秋
031 | 感秋
031 | 新岭小学诗词开课
032 | 有寄新岭小学
032 | 西江贡米
032 | 咏镇馆奇石
032 | 赞瑞璟先生
033 | 韵和诗友三十首
037 | 松花砚
037 | 奇石
038 | 慧利小女考上中国中医药大学二首
038 | 有寄
038 | 寒露
039 | 丁酉感秋
039 | 霜枫

039 | 教师节有赞
039 | 五女峰踏幽
040 | 无题
040 | 中秋
040 | 露营无眠
040 | 清明
041 | 红杏
041 | 养根斋《集安麻线高句丽碑》编辑出版四年记咏
041 | 广济寺有感
041 | 寒鸭戏水
042 | 东汤洗浴
042 | 喜接唐仁举先生电话感赋
042 | 有赠于氏姐妹
042 | 盼春
043 | 问春
043 | 冰凌花三首
043 | 有寄耿铁华教授南游
044 | 梅雪隐庐
044 | 贺春
044 | 三八节
044 | 有寄
045 | 寄春十八首
047 | 新年寄调二首
048 | 三江源小酌
048 | 小雪唱和七首
049 | 有和三首

050 | 问幽
050 | 有祝兴东生日
050 | 山城通化
050 | 闲语
051 | 红枫
051 | 昙花
051 | “九一八”国耻日
051 | 董庆林儿子上大学有贺
052 | 曲水兰馨
052 | 有赠耿铁华先生
052 | 秋游
052 | 读红楼梦新感
053 | 再读红楼梦
053 | 三读红楼梦
053 | 今日立春
053 | 初雪
054 | 枫殇
054 | 雪枝红枫
054 | 一片云
054 | 一溪水
055 | 杂咏
055 | 闲语
055 | 情人节
055 | 冰凌花
056 | 小寒
056 | 中秋

056 | 今日小暑
056 | 东汤酌酒

卷二　律诗

058 | 上元节有寄
058 | 女儿从美国回家过年
058 | 步养根斋韵和甲午迎春
059 | 步韵和桓州
059 | 岁末杂思
059 | 开元感赋
060 | 春雪
060 | 有寄
060 | 又重阳
061 | 清明祭祖
061 | 痛悼佟江七子张忠民先生
061 | 咏秋
062 | 感怀
062 | 向海风华
062 | 香海寺礼佛
063 | 通榆采风感怀
063 | 黑天鹅
063 | 向海渔火
064 | 摄影抒怀
064 | 有寄
064 | 读荷赋有感
065 | 端午感怀

065 | 步韵题小溪花径
065 | 盛世清明
066 | 癸巳上元夜感怀
066 | 癸巳立春有感
066 | 养根斋探望唐仁举感记
067 | 再悼佟江七子郝贵堂先生
067 | 恸悼郝贵堂先兄
067 | 通化诗词学会成立三周年有感
068 | 感怀
068 | 通化天露葡萄酒
068 | 韵和养根斋
069 | 壬辰中秋
069 | 教师节有寄
069 | 梅河口采风
070 | 龙泉寺和唐仁举僧道对语图
070 | 参观中共东北局梅河口会议旧址有感
070 | 梅河赞歌
071 | 参拜龙泉寺佛塔
071 | 参观梅河医院
071 | 聆听养根斋长白山文化演讲有感
072 | 题杨宝沟独居深山老人图
072 | 步养根斋韵痛悼刘忠德先生
072 | 有感
073 | 偶感
073 | 壬辰清明寄怀
073 | 贺佟江七子张宝琦先生六六诞辰

074 | 谢赠诗
074 | 步韵有和
074 | 重阳感怀
075 | 步养根斋韵《延边设州六十年志贺》
075 | 游奉化有思
075 | 红尘得悟
076 | 眺悟夕阳
076 | 情人节
076 | 步韵再和四家漏夜联句
077 | 贺佟江七子耿铁华生日
077 | 游览求仙入海处有感
077 | 夏至
078 | 书法笔会
078 | 庆祝中华诗词学会成立三十周年座谈会在京举行
078 | 有赞茂山诗社
079 | 西江贡米
079 | 一树秋
079 | 先贤刘仲元老先生十周年祭
080 | 翟志国先生三周年祭
080 | 中秋感怀二首
081 | 重阳感怀
081 | 有和养根斋大东汇韵
081 | 韵和唐仁举先生
082 | 贺恭王府博物馆全面开放十周年（步李文朝将军韵）
082 | 再贺恭王府博物馆开放十周年
082 | 敬用叶嘉莹先生联咏怀

083 | 亲人祭
083 | 步韵和张岳琦先生《八十随想》
083 | 贺张岳琦先生八十寿诞
084 | 步养根斋韵贺通化县创建中华诗词之乡全面启动
084 | 步张岳琦先生韵咏春雪
084 | 贺耿铁华先生古稀寿
085 | 锦江木屋村大年初四上央视直播有感
085 | 步韵戊戌咏春
085 | 狗年祝福
086 | 善奉慈亲
086 | 立春有和二首
087 | 梅花新春
087 | 新春有感
087 | 悼杜卫京先生
088 | 有感余年
088 | 咏梅一
088 | 咏梅二
089 | 大寒
089 | 毛泽东诞辰感赋
089 | 冬至二首
090 | 松花石韵
090 | 依养根韵庆祝十九大召开
091 | 中秋感怀
091 | 再咏西江贡米
091 | 集安申遗后再游
092 | 悼毛岸青

092 | 生日感怀
092 | 贺养根斋华诞
093 | 贺中华吟坛集安笔会
093 | 集安诗词学会成立
093 | 立秋感怀
094 | 贺梅河口诗社成立
094 | 和养根斋并拜年
094 | 悼强晓初
095 | 贺周笃文先生寿诞
095 | 贺东辽河诗社成立
095 | 赠杨老
096 | 贺养根斋六六大寿
096 | 贺《历代诗人咏集安》出版
096 | 贺吉林省诗词学会代表大会召开
097 | 再贺吉林省诗词学会代表大会召开
097 | 赠刘兆福先生
097 | 贺集安诗词学会成立一周年
098 | 中秋逢《关东诗苑》付梓感作
098 | 长白山感怀
098 | 观天池
099 | 题唐仁举先生兄坝上采风照
099 | 访三狂草庐
099 | 读史感怀
100 | 贺白山市诗词学会成立
100 | 佟江诗社成立三周年有贺
100 | 长白山《池南撷韵》出版有感

101 | 谢赠诗有和
101 | 有赠
101 | 咏梅
102 | 步韵和养根斋
102 | 上元夜
102 | 草堂华诞有贺
103 | 蒋力华兄《法书吟鉴》发行
103 | 又清明
103 | 贺集安文化论坛开版
104 | 《百年苦旅》付梓感赋
104 | 祝寿
104 | 通化十景有感
105 | 端午感怀
105 | 贺公主岭市创建中华诗词之乡
105 | 未参加公主岭诗会有憾
106 | 镇东楼远眺
106 | 大泉源酒
106 | 生日感怀
107 | 寄韵友人
107 | 网上感言
107 | 《滴翠集》出版步韵志贺
108 | 立秋感怀
108 | 再题西江贡米
108 | 寒食节
109 | 立冬
109 | 重阳感怀

109 | 今日霜降
110 | 今日秋分
110 | 贺梅河诗词学会十年庆
110 | 春情（偷春格）
111 | 元夕寄调
111 | 宝君兄回通小聚
111 | 光华露营
112 | 春来晚
112 | 春恋
112 | 立春
113 | 惊蛰
113 | 春分
113 | 步韵有和

卷三 词

116 | 玉甸凉·通榆墨宝园
116 | 玉甸凉·情寄通榆
116 | 兰亭梦令·女儿美国留学中秋有寄
117 | 海龙吟·感王云坤先生题写书名
117 | 满庭芳·寄诗友
117 | 海龙吟·梅河采风张家渡口
118 | 海龙吟·梅河采风磨盘湖放歌
118 | 海龙吟·梅柳吟唱
118 | 海龙吟·鸡冠山
118 | 海龙吟·磨盘湖感怀
119 | 沁园春·梅河感怀

119 | 兰亭梦令·鸡冠山有悟
119 | 兰亭梦令·赞梅河口市
120 | 兰亭梦令·寄梅河口市
120 | 风入松·醉江风
120 | 诉衷情·惜春
120 | 浪淘沙·北戴河休养
121 | 踏莎行·观喷泉感赋
121 | 满庭芳·省诗词学会成立三十周年
121 | 扬州慢·赠于氏姐妹
122 | 江城子·毛瑞璟奇石馆
122 | 江城子·留憾采风
122 | 满庭芳·春伤
123 | 捣练子·秋山
123 | 捣练子·秋夜
123 | 捣练子·秋江
123 | 南柯子·感秋
124 | 乌夜啼·清明梦寄
124 | 喝火令·梦从前
124 | 沁园春·南海阅兵
124 | 江城子·祝慧利生日
125 | 临江仙·为友人生日作
125 | 虞美人·为洛之作
125 | 鹧鸪天·为友人作
126 | 浪淘沙·寄春
126 | 五福降中天·狗年贺春
126 | 鹧鸪天·中秋五首

127 | 采桑子·重阳
128 | 西江月·仲秋
128 | 西江月·和横笛客
128 | 西江月·西江贡米
128 | 浣溪沙·春分
129 | 鹧鸪天·谢养根斋及诸诗友贺岁
129 | 风入松·咏梅
129 | 纪辽东·有感养根斋
129 | 纪辽东·情怀江源
130 | 纪辽东·参观治安山城考古
130 | 纪辽东·感养根斋长白山绝顶见圆虹
130 | 纪辽东·《公主岭风韵》出厂
131 | 纪辽东·九台会友
131 | 纪辽东·通化诗词学会成立
131 | 纪辽东·心系玉树，抗震救灾
131 | 纪辽东·祝贺纪辽东越千首
132 | 纪辽东·步韵和养根斋二首
132 | 南歌子·步周老韵贺沈鹏先生八秩华诞
132 | 瑞鹤仙·贺养根斋老母八十大寿
133 | 一剪梅引·贺养根斋《一剪梅引》谱成
133 | 水调歌头·为钟老夫人九十华诞作
133 | 沁园春·观科尔沁草原赛马
134 | 玉甸凉·中秋思怀女儿
134 | 满江红·通化市六届政协第一次会议感怀
135 | 如梦令
135 | 采桑子·有和

135 | 春光好 · 元宵
135 | 长相思 · 和晓韵如梦
136 | 浣溪沙 · 步白屋主人韵
136 | 卜算子 · 试和慧利君人体十二器官脏腑之心
136 | 浪淘沙 · 贺长白山诗词学会成立
136 | 浣溪沙 · 煮酒会友
137 | 鹧鸪天 · 谢养根斋及诸诗友贺岁
137 | 蝶恋花 · 和七子游
137 | 南乡子 · 孟姜女庙留思
137 | 浪淘沙 · 三月雪
138 | 鹧鸪天 · 依轻舟韵作病后感
138 | 蝶恋花 · 和梦版故里情怀
138 | 西江月 · 镇东楼感怀
138 | 浪淘沙 · 听南沙群岛形势报告有感
139 | 何满子 · 春勉
139 | 喝火令 · 贺佟江诗潮开版两周年
139 | 一剪梅 · 步韵和唐仁举先生
139 | 纪辽东 · 有寄
140 | 踏莎行 · 和秦晓芙
140 | 纪辽东 · 和养根斋海峡诗会
140 | 浣溪沙 · 和周笃文先生
140 | 西江月 · 贺李元才书法集出版
141 | 喝火令 · 元宵烟火灯会
141 | 纪辽东 · 贺《中华诗词文库 · 吉林诗词卷》付梓
141 | 南楼令 · 诗收两千楼
141 | 洞仙歌 · 游望天洞

142 | 一剪梅引 · 为谢辉南而作
142 | 沁园春 · 水
142 | 沁园春 · 赠通辽市政协
143 | 沁园春 · 观北京奥运开幕式
143 | 水调歌头 · 张福有先生百次登长白山感赋
144 | 沁园春 · 长白山咏叹
144 | 满江红 · 国庆
144 | 石州慢 · 杨靖宇将军殉国七十周年祭
145 | 莺啼序 · 龙湾采风有感

146 | 张福有：总跋

卷一　绝句

和桓州旧友立春四首[1]

一

寒梅笑绽一枝春，御护桑麻八腊神。
雪化清明归五谷，低回燕子筑巢新。

二

暗彻寒香梅报春，蛰惊伏土盼雷神。
仓庚啼破空山雨，大化江川入目新。

三

一树梅红一树春，弦弹云曲寄花神。
越空天马踏飞燕，鸣逸江州步步新。

四

东风暗渡柳摇春，时雨邀杯醉众神。
老子潼关璇紫气，寒山入碧月华新。

【注释】

①通化师范学院教授、通化市诗词学会会长耿铁华先生，网名桓州旧友。

醉　春

邀杯饮醉一壶春，桃面红飞浅注唇。
笑问残冬何耐我，寒香过处付情真。

立春二首

一

五九收官正立春，元开鞭细打牛神。
东堂坐守句芒到，喝令三山草木新。

二

几度牛泥雪里春，争抛五谷祭农神。
归来燕子三候过，剪绿装成万树新。

窗　花

霜花一夜小窗春，柳荡莺飞桃弄唇。
画就丹青非妙笔，涂将冷暖问玄真。

题通化县小城

小城黛揽白云间，玉宇琼楼碧水环。
一剪寒梅香塞外，天东吟韵赋家山。

再题通化县小城

城楼入抱水云间，涌碧流情紫气环。
草木春开花万树，漫新溢彩水潺潺。

腊　八

禅粥吞声五味尝，酬神腊祭九回肠。
虽寒更觉临春近，佛国传来第一香。

新年畅想

破雾朝迎灿灿阳，竞舟平水启新航。
霜枝岭上冲寒发，撒向江川一段香。

新雪寄梅

暄妍最是雪飞时，只为迎春俏不知。
逸韵冲寒香入梦，罗浮树下好淘诗。

长白寻梅

古韵承今问有几，流云移月叹星稀。
梅华十里寻风雅，征甲裁新换旧衣。

诗词年会有寄

花落花开已四年，诗沉诗起水云间。
依稀往事当梳理，奋棹江舟赖众贤。

通榆香海寺

大漠春秋一炷香，晨钟暮鼓水云扬。
轻舟逐浪湖中月，法护青灯古佛旁。

松原风力发电

挺身傲立向苍穹，转就南西转北东。
无欲无求寻造化，闲情摇醉一天风。

蒙古黄榆

根固沙洲傲绿杨，经身风雨护沧桑。
虬枝老树三千域，一寸青荫十里芳。

向海眺晚

鹤飞鹤舞鹤乡情，玉甸风旋百鸟声。
水泛湖光三径晚，云中捧月一轮明。

墨宝园感叹

墨宝园中万宝藏，松烟过处砚留香。
柳筋颜骨锦千段，笔走龙蛇带韵扬。

碑林咏叹

石碑刊字立长林，曲水流成千古吟。
壁上墨君谁解语，瞻榆大漠问丹心。

向海咏叹

舟摇向海踏浮沉，浪激春秋叹古今。
无际云边舒望眼，一湖风月醉骚心。

玉甸感怀

风烟漠上伴榆黄，秋染芦花玉甸凉。
大象无形容万类，千姿百态地天藏。

瞻榆老树

老树瞻榆五百龄，甘承寂寞数天星。
勘今稽古心中月，逝水流声辨耳听。

丹顶鹤

引项苍天点点红，脱尘不为舞长风。
衔来一曲清平乐，好祝人间百事丰。

和桓州旧友三首

一

春花落处菊花黄，风过难寻昨日香。
半曲玉箫明月夜，相思园里一枝藏。

二

竹马萌心鹅柳黄，春花慢遣夜来香。
窗摇梅影好风过，不忍回眸梦里藏。

三

紫陌芬芳叶渐黄，东篱别有冷颜香。
秋花不比春花艳，只把霜辛雪苦藏。

题　图

娇娆凝目醉花黄，可是回眸那段香。
难忘春江流月下，如烟往事底心藏。

有　寄

花红柳绿映山城，树影闲摇水一泓。
户闭兰心愁不乐，熏风暑雨沐身轻。

祝大唐兄早日康复[1]

祸福风云弹指间，尘缘未了盼回还。
曼陀雨散祈华落，洒向关情月一弯。

【注释】

①通化市唐仁举先生因病住院，网名大唐盛世。

感春三首

一

重循甲子好风催，雨剪冰花带雪梅。
昨日香尘空落尽，无情岁月梦千回。

二

绿上枝头待雨催，移时新月映江梅。
归来燕子可相识，重数春光第几回？

三

柳枝摇翠鸟声催，飞雪迎春不让梅。
老向家山听晚渡，一江旧梦忆中回。

癸巳惊蛰闲咏

二月春光二月风，枝头冰雪滴玲珑。
已开蛰户龙蛇动，缇幕初垂正向东。

乱雪不应春

飞鸿乱雪不应春，断树琼枝花落频。
雷震蛰惊雷未震，寒山独盼钓梅人。

癸巳拜年二首

一

交泰龙蛇共舞春，七星东指又轮新。
开元一路风光好，顺意妆成跃锦鳞。

二

烟花灿灿耀长空，杯举家家喜气融。
交子迎新除旧岁，寒梅雪岭笑春风。

天露葡萄酒

蔓藤架下挂玲珑，为酿酸甜紫玉中。
碾碎乾坤新物象，春秋化就一瓶红。

天露五味子酒

红褐娇娇五味藏，生津收涩护阴阳。
尘身化作天来液，入口甘回九尺肠。

天露邀客

邀客山城话万通，葡萄泻玉为谁红？
言新日月皆欢醉，切勿牵情别后空。

感秋四绝

一

影动风翻一色黄，云开稻浪映山光。
银镰割出清秋韵，福荫江川鱼米香。

二

峦山初染看花黄，雾漫长林一树凉。
经雨柳同秋土瘦，纤尘空落满庭霜。

三

万木萧疏点点黄，伤秋鸟雀唱凄凉。
蔓藤花老坠轻紫，色暮苍颜昨夜霜。

四

草木知秋落叶黄，鸡声茅店感炎凉。
人生一日得真乐，寿客寒开不拒霜。

驮道岭云海得句五首

一

远看游云自在还，川中旧迹未曾删。
空峦寂寂藏真性，我共烟霞到老闲。

二

已去春颜何日还，流云幻化任裁删。
岁残未觉烟霞尽，天秀秋光好沐闲。

三

昨日云涛今又还，迷蒙岭雾莫轻删。
而今结得烟霞侣，揽镜长天我自闲。

四

云中游目眺回还，峦动峰移看节删。
解意谁人知寂寞，茫茫雾里寄心闲。

五

缘情宿债几时还，烦恼人生一键删。
雁叫秋空知岁老，悠然摘朵白云闲。

题 罪 槐

烧饼歌留谶语埋，玄机八卦六爻排。
三元复转皆天定，不必煤山怨吊槐。

渔歌晚唱

早钓云霞晚钓晴，秋光十里任君行。
小舟荡碎湖中月，一网余晖谁撒成。

梅津晨摄

扑面轻轻花信风，朦胧柳岸日升东。
芬芳惹处刚开眼，镜里飞来一抹红。

磨盘山沉情

磨盘山在水中藏，湖底沉情育稻香。
一卧千秋无尽处，邀来明月醉流觞。

山溪听水

鸡冠山里踏清幽，止步溪前听水流。
乍断乍连如有意，或去或来若为愁。

龙泉寺经声

龙泉寺里诵经声，慢入长林自在行。
不向无缘听寂寞，只将迷处度心明。

磨盘湖秋想

千川秋水磨明镜，十里寒潭晚照余。
一任长竿闲钓处，霜天红叶更相予。

咏竹三绝

一

一枝高节出长林，独守清幽淡定心。
若谷闲听云外雨，萧森夺碧到如今。

二

月下长竿钓渭滨，清幽品淡一林贫。
勿随流俗真君子，浊世空心不染尘。

三

新雨流溪水自清，层林轻透鸟声声。
襟怀不问云深浅，只向空山听夜更。

竹　林

太虚无实可追寻，玉骨高情抵万金。
独得东风春雨后，夕阳一束入林深。

参加佛学会有感

斜阳一缕染篁林，抱月虚怀禅悟心。
不入红尘原有节，晨钟敲自法门深。

题照三绝

一

少时旧梦醉中寻，一寸光阴一寸金。
今事前余千百恨，风弹虚境九重深。

二

入世风流浪里寻，夕阳夺照一林金。
谦谦君子凭高节，隐意空山入径深。

三

板桥泼墨画中寻，青士无言口吐金。
难得糊涂难得醉，七贤月下写高深。

凌波戏浪蓼花洲

连天烟水锁幽柔，点泰鸿蒙开碧洲。
树影摇波随梦远，春争闲处任君游。

桃花开又落

芬芳枝上为谁开，不尽前缘今世来。
一树相思啼绿鸟，红微春意过香腮。

题红衣少女图

雪衬红衣淡抹唇，凝眸深处问何因。
溪边冷坐忘情水，慢许心钩暗钓春。

堤柳踏青

金碧依然映梵台，堤花堤柳看争开。
青春无意背人去，好借罗浮消闷来。

春　思

心锁相思对镜台，绿萝梦里择时开。
梅花三弄幽香暗，散作春绯扑面来。

夕阳感叹

金波月照夜藏幽，拨亮心灯莫问愁。
一夕悲怀衔白发，沉沉斜影落西楼。

小　聚

春情踏出一杯幽，酌酒邀朋好解愁。
鬓发之间藏苦乐，悲欢捻句唱诗楼。

有　和

难说心中隐意幽，问知明月几多愁。
时光载恨赋流水，物去人非雾漫楼。

2012年通化诗词学会发起接龙贺春五十首

一

幅幅麻笺著锦章，梅逢腊雪透寒香。
东升旭日金龙舞，开岁春风荡柳杨。

二

再驾诗舟向远航，心同激水气轩昂。
关山一路留清韵，每与艰辛论短长。

三

雅会仙家话短长，山情水意墨流香。
沁园春里听高曲，值岁金龙吐锦章。

四

璀璨文华万古芳，吟成流派路悠长。
心坚不惧征程远，志向先贤学宋唐。

五

亦有悲怀亦有狂，经年老树恋春阳。
而今再到花红处，只把诗吟不嗅香。

六

叩键能闻百草香，行间字里绽芬芳。
云笺载满千千韵，直上寒宫探月娘。

七

但愿神州多栋梁，开元弄韵接流觞。
吟歌曲曲唱新意，一段清音一段香。

八

携雨书春染大荒，雪晴万里照高阳。
纷争碧树盼三伏，柳下成茵荷出塘。

九

盛世高吟平水章，人间正道是沧桑。
琴音松韵合鸣处，燕舞莺歌看吉昌。

十

愿作人间品酒王，饮豪不醉梦中香。
邀来山月千杯少，晃见嫦娥舞霓裳。

十一

诗纪辽东沁墨香，家山星月共韶阳。
平湖水底勘沉迹，凯捷丸都换旧装。

十二

雨润花开四季香，兰春荷夏共芬芳。
恋秋谁比高山菊，雪岭寒梅傲骨藏。

十三

任我巡游一苇航，寒江独坐钓竿长。
云舒云卷闲情是，看那风雷雨更狂。

十四

千古诗词说大唐，接龙佟水忆流觞。
春风鼓瑟声声切，入耳天音出笛簧。

十五

纸上功夫见墨香，颜筋柳骨笔锋长。
笺中载满风流句，巢筑梧桐落凤凰。

十六

枕上听经梦也香，飞天玄女在敦煌。
禅心早悟红尘事，度众观音赐佛光。

十七

故国原中护鉴忙，桓州旧事问隋唐。
词源发处丸都水，证史非凭挡马墙。

十八

十里飘来渌酒香，百年酿就秘传方。
蓬莱醉饮八仙客，忘却蟠桃献玉皇。

十九

霁月穿云看海棠，佳人好个扈三娘。
有情最是春城女，勿忘佟江有大唐。

二十

始信天涯自有疆，遥遥海角地天长。
春开柳眼秋花落，何惧人情过势凉。

二十一

自叹才疏少墨香，悔时隔壁未偷光。
当珍今日程门雪，锥股寒窗不出堂。

二十二

我辈谁人敢叫狂，佟佳吟客有三郎。
笛横月下桓州曲，柳荡春风阵阵扬。

二十三

滚滚狼烟惊帝王，千年故事史中藏。
无情岁月催人老，谁比当年秦始皇。

二十四

树老还须避冷霜，钟敲子夜拜年忙。
新龙新月新春里，好祝吟朋福寿长。

二十五

百姓于今傲帝王，人间千古费评章。
春枝欲绽花凭雨，九曲潺潺绿水长。

二十六

迷迹天涯思故乡，人之渐老事深藏。
径幽路僻闲行远，脚下寻春逸韵长。

二十七

红叶当经几度霜，篱花似趁老秋黄。
尘身悟得禅心静，一段欢欣一段伤。

二十八

漫剪陈因取断章，亲疏朋远误言伤。
乘船宰相心胸阔，好沐人间灿烂光。

二十九

五月飞花陌上扬，龙吟大野丽声亢。
家山已是春潮涌，水载吟歌五百觞。

三十

蚁穴荣华梦一场，醒来阵阵韵声扬。
听悠一剪寒梅曲，品醉丝丝轩墨香。

三十一

美酒斟来请你尝，醉情醉韵醉痴狂。
吟楼五百三千韵，唯有诗情不可量。

三十二

惊得骚翁眼放光，望眸长白一轮阳。
芬芳得助三春雨，柳下成茵荷出塘。

三十三

再插松针饰晚妆，眸前影动美娇娘。
情含笑里羞难掩，一夜春风得意郎。

三十四

笔走龙蛇慢慢尝，寒梅偏在冷时香。
雪中谁品缠绵意，摇灿星天蜡烛光。

三十五

斗酒百篇千载香，衔情三月柳疏狂。
乾坤捏在银壶里，饮醉春秋到菊黄。

三十六

映日荷花正吐芳，又听啼鸟唱悠扬。
柳枝摇得峦山动，一阵轻吟一阵狂。

三十七

影落三潭夜有光，舟随印月唱秋娘。
神皋福地三秦色，柳下情偷白面郎。

三十八

哪有冬藏万廪粮，寻将塞北作陈仓。
田中犁出三秋色，汗水流成稻谷香。

三十九

米贡朝廷五柳乡，知谁劳苦晓谁忙。
一餐御膳千家泪，莫忘乾坤在案旁。

四十

灯下待归如意郎，羞含粉面解罗裳。
温淳不待雨先落，好沐三春一份阳。

四十一

入夜难眠梦不香，老怀少睡怕宵长。
宽心便是延年术，照水枯荷月吐光。

四十二

不尽情怀染大荒，溪茶煮世自煎尝。
月无贫富家家有，冷暖人间岁岁长。

四十三

天道酬勤已满仓，韵流曲似九回肠。
澹烟疏雨华天落，风度蝉声柳上扬。

四十四

喜满神州遍阳光，但求世上少悲凉。
恣蚊扇枕儿孙孝，胜似餐中一品鲳。

四十五

五女峰高总向阳，弦弹流水寄情郎。
相思但问弯弯月，玉面佳人何处藏。

四十六

残雪消融过女墙，桃花红了杏花黄。
白山脚下沸流水，脉脉含情九曲长。

四十七

管许寒霾褪大荒，柳枝摇灿一轮阳。
辽东咏纪洛阳赋，吟在丸都鸭水旁。

四十八

再记龙腾万里翔，悬车豆谷论高强。
安东凯捷风烟散，不见当年白甲郎。

四十九

不觉青丝染菊霜，感同心雨滴忧伤。
无情岁月催人老，砚底穷诗伴夕阳。

五十

熬瘦书生两鬓苍，字敲夜半酌诗忙。
寒灯独共丸都月，龙尾龙头接短长。

霞红溪水

霞红溪水问何来，五彩乾坤不用猜。
风乱江波皆有梦，春花秋月共徘徊。

万通小酌

冷落风尘已忘年，三杯绿蚁醉花前。
林深可有逍遥处，世外云天可钓闲。

杂咏四首

一

尽洗清江满面尘，杯中感叹吐言真。
秋山问却君何去，做个风流散淡人。

二

有志无为做宦奴，几多况味梦中无。
原来尽是贪天欲，倾柳因风待自扶。

三

漫梳思绪几多真，忘了秋黄忘了春。
虽是霜花无艳色，沧桑岁月问年轮。

四

红染清江日照斜，游人散去夜非华。
望中住眼星天近，摘下嫦娥鬓上花。

悼　祭

蒙眬泪眼梦爹娘，化纸焚烧一份伤。
难忘膝前多爱恨，哀思寄远断柔肠。

新岭小学琴书表演

琴声环绕韵飞扬，泼墨书笺佟水旁。
新岭新风流紫苑，童心向远正花黄。

柳　絮

柳子无根未觉微，扬花落处乱云飞。
沧桑阅尽芭蕉泪，一树娇娆载绿归。

石湖露营

揽月敢偷天上玉，衔花只恋世间情。
石湖夜有繁星闹，帐里欢言不住声。

江边漫步

漫步江边春已尽，风摇岸柳夏来临。
一桥灯火霓虹灿，突发诗情对水吟。

秋　深

风过云天逝水长，春开花树一枝香。
落红知是三秋近，何处琴声弹客伤。

慈　母

滴泪伊人思故乡，箫声夜雨掩愁肠。
可怜慈母手中线，向远牵心白发娘。

感　秋

黄花篱畔照西阳，云淡高天雁字长。
渐是寒山花滴露，好收五谷正秋忙。

悦　秋

醉悦嫦娥舞袖长，只缘月下稻禾香。
秋枫红染庶民乐，曲弹清平唱玉粱。

醉　秋

五谷收秋昼夜忙，农家喜捷奏华章。
仓丰不惧三冬雪，小醉迷眸入梦乡。

丰　秋

一山薄雾破晨阳，苦短人生漫路长。
映水江花红胜火，丰秋不负好时光。

霜　秋

好梦萦回嫌夜短，闲生寂寞恨时长。
争开红绿花无语，一叶霜秋醉玉觞。

忙　　秋

红映秋江逝水长，霜风侵月菊飘香。
丰华不负劳春夏，喜乐农家收获忙。

花海露营

层棉不御夜风凉，小酌三杯暖肚肠。
帐外鼾声难入睡，起身月下嗅花香。

伤　　秋

茶余饭后说家常，无米炊中几断肠。
最是伤秋无敛获，仓空难有孝儿郎。

问　　秋

一叶知秋落木黄，云空雁叫柳牵肠。
风吹芦笛星移月，何日春回续旧章。

江边踏秋

缠绵逝水韵流长，萧瑟秋风吹断肠。
月下钟声敲寂寞，江灯散淡照凄凉。

咏　秋

虽是秋风吹硕果，纵然无奈满天霜。
空山落木南飞雁，一份欢康一份伤。

感　秋

敲窗夜雨滴凄凉，我把秋红作暖阳。
但看东篱花正艳，留存心底一丝香。

新岭小学诗词开课

骚风过苑荡清新，平水相逢格外亲。
待立程门三尺雪，涌泉化育学诗人。

有寄新岭小学

小路寻幽耳目新，鸡林晓角舞霜辰。
白桦岭上骚风过，韵育佟佳唱律人。

西江贡米

稻浪翻风好个秋，山花五色带香流。
前朝御膳西江米，煮在平民锅里头。

咏镇馆奇石

石奇众里一豪雄，紫气升腾护大东。
老子西行寒谷过，关山雨霁贯长虹。

赞瑞璟先生①

毛君识石有奇缘，勘玉山中一步先。
紫气东来逢盛世，松花名彻柳条边。

【注释】

①毛瑞璟先生：通化市松花石收藏家。

韵和诗友三十首

一

史载丸都凯捷章，碑承瓦记墓中藏。
养根水底勘陈迹，诗证桓州逸韵长。

二

敢与群雄论短长，中原逐鹿舞单枪。
桃园结下金兰义，鼓振三通斩蔡阳。

三

亮剑能将耐寂伤，英雄话语像三狂。
敢于酒色一杯尽，醉了江山醉大唐。

四

万里云霞舞凤凰，龙腾河汉配双翔。
金辉七彩映天地，瑞兆年丰五谷藏。

五

月映吟魂影一行，晴开晓破见晨阳。
云中载满敲春句，点睛金龙舞更狂。

六

汗润禾苗获福长，梅枝雪绽透寒香。
看山未得一偷眼，全在清波秀水旁。

七

东淌西流归大洋，轻舟载韵荡悠扬。
八仙海上闻歌醉，各显神通助远航。

八

今抱诗书醉一场，丸都月下酒千觞。
沉情难醒兰亭梦，醉到秋深树叶黄。

九

绿水青山日月长，晨升暮落演沧桑。
人间多少悲欢事，火鸟冰轮今古藏。

十

齐谢金龙送吉祥，更期时雨又骄阳。
春风何日剪新柳，我在花间把韵扬。

十一

落雁寻花哪里藏，醉承宫曲舞霓裳。
马嵬坡下相思恨，千古风流武媚娘。

十二

情满人间是太阳，云天印在水中央。
莺鸣翠柳凌波动，摇灿荷花红满塘。

十三

朗月闲情撩我狂，广寒邀酒醉吴刚。
蟠桃会上吟高曲，天使宫中睡锦床。

十四

大野生机依律强，打春春在雪中藏。
东君送暖何时到，待发新枝看柳杨。

十五

斑竹无忘千载芳，风高节亮不卑亢。
腹空容那古今事，骨硬能撑佛跳墙。

十六

万籁回声大野芳，弯弯月下笛悠扬。
清音荡在夜幕里，听醉天宫巡夜郎。

十七

急煞仙台王母娘，拂云筑得彩桥长。
匆匆踏碎莲花步，寻那人间演笛狂。

十八

曲曲清音月下翔，八仙入耳醉迷茫。
不知玄妙生何地，鹤指佟佳秀水旁。

十九

小小诗苗装满筐，秋来大野百花香。
一支梦笔吟平水，写下人间锦绣章。

二十

雨顺风调种太阳，清明时节百家忙。
民生全在春耕里，待看金秋满地粮。

二十一

紫气东升翥凤翔，白云生处看沧桑。
笔从砚底词穷尽，百首行间寻好章。

二十二

艺苑相连国运昌，文承盛世出华章。
人间处处清平乐，岁引千秋九域芳。

二十三

曲水悠然三径长，轻移脚步探幽芳。
俯身摘下相思豆，抛向云天送月娘。

二十四

律入春潮花泛香，金龙十五舞蟾光。
谜中难射千灯虎，只把玄机字里藏。

二十五

弹破榆关已断肠，城围万里北分疆。
风烟散尽徒留恨，云载千年一段伤。

二十六

凤舞龙吟诗满觞，千灯雪夜泛红光。
元宵煮沸团圆夜，喧闹声中射虎忙。

二十七

几树枝头添盛装，烟花爆出满天光。
恰逢瑞雪应时舞，好兆龙年福禄翔。

二十八

华夏文明跨海疆，明朝岁月更辉煌。
吟坛春颂百花艳，大治贞观效李唐。

二十九

醉梦山间无事忙，元宵滚在口中香。
喧声一夜映星灿，雪打红灯兆吉祥。

三十

赏罢梨花赏海棠，三江岸上览流光。
山中照得壬龙舞，楼上飞来诗韵长。

松花砚

松花石砚出天东，素面青衣敢进宫。
暮染朝濡随圣上，康熙御笔点朱红。

奇石

千奇百怪漏悬空，隐在深山泥土中。
有识随缘寻宝玉，禅将法象沐长风。

慧利小女考上中国中医药大学二首

一

百草丛中一小丫，琼林宴上好年华。
杏坛自古女儿少，幸有关东开碧花。

二

杏林新雨沐芳华，红透云光一缕霞。
小女悬壶承父业，寸关尺脉济千家。

有　寄

识得温柔贤淑女，春红柳绿美娇娆。
有缘自是莲花笑，浪漫难将一笔描。

寒　露

潺潺细雨暮云深，萧瑟秋风向柳阴。
花落香残秋露重，清江不忍映空林。

丁酉感秋

断续蝉声已是秋，尘红无奈叹枝头。
留连岁月无情雨，滴落黄花几个愁。

霜　枫

滴露山娇一点红，经风历雪更从容。
春华阅尽秋华老，堪比黄花各不同。

教师节有赞

三尺书台半壁墙，无声细雨润春芳。
流情岁月凭谁寄？苦乐园中桃李香。

五女峰踏幽

林间小径曲通幽，石上泉歌听水流。
笃意心怀风送爽，清芬醉我不伤秋。

无　题

撩落微尘不在身，青灯古佛护柴门。
禅心只恨秋花落，一树残红寂寞人。

中　秋

同行你我在中秋，且把心怀对月酬。
逝水难回花滴泪，如烟往事上眉头。

露营无眠

夜半残燃篝火红，一轮明月正当空。
无眠坐对幽林静，帐里鼾声各不同。

清　明

桃花三月又清明，不尽哀思不了情。
相忆难回常梦里，香烧孝悌绕江城。

红杏

红杏出墙关不住，无缘何必怨风尘。
花间小路任君走，善对人生才是真。

养根斋《集安麻线高句丽碑》编辑出版四年记咏[①]

千年旧事问残碑，石刻沧桑万古垂。
一字亡型谁破解，花开豆谷任风吹。

【注释】

①养根斋，中华诗词学会顾问张福有别署。其编著的《集安麻线高句丽碑》一书，2014年5月由文物出版社出版。

广济寺有感

禅台悟得万缘空，花落花开谈笑中。
不二法门听暮鼓，清心自爽一帘风。

寒鸭戏水

寒鸭戏暖碧云空，水映春芳天地中。
细柳情垂江岸上，迎来一缕季候风。

东汤洗浴

偶见山花望处红，三春怎奈寂林空。
闲身洗个温泉浴，沽酒情淘醉海东。

喜接唐仁举先生电话感赋

来电惊闻是大唐，依然疗恙在南疆。
真情不惧传声远，何日同君再举觞。

【题解】

通化市唐仁举先生因病在海南疗养。

有赠于氏姐妹

灿烂春桃一抹红，花绽枝头向碧空。
正是云天飞紫燕，舞袖双双大岳中。

盼　春

隐听雁叫盼山葱，逝水难回总向东。
残雪无痕春有意，先吹一树小桃风。

问　春

无痕残雪渐消融，一夜春回大野东。
燕子衔泥求细雨，桃花且问几时红。

冰凌花三首

一

迎风雪里先开早，独领苍茫花影俏。
暗遣幽香冷雾中，春心问月知多少。

二

映水黄花片片金，清芬卧雪醉听琴。
山光常入幽帘梦，吟赋春华一份心。

三

破雪黄花一簇金，情甘寂寞自修琴。
先开不与梅争艳，为报三春赋寸心。

有寄耿铁华教授南游

江南三月柳风吹，画阁开轩问向谁。
流水小桥迎远客，幽帘梦里任君追。

梅雪隐庐

雪舞寒香彻隐庐，三杯笃意柳眉舒。
飞扬设酒八仙醉，一份春心问有无。

贺　春

一缕清风除旧尘，冲寒野岭雪梅新。
芬芳只待云天雨，为我浇开北国春。

三　八　节

且看人间多少缘，皆因世上半边天。
英雄常醉花前酒，三八邀杯谢碧莲。

有　寄

前生注定后生缘，红线何须月老牵。
乱点鸳鸯成俪对，偏将无奈两相连。

寄春十八首

一

弄墨当将风俗扬，上元十五闹灯忙。
字谜嵌在红尘里，射虎弯弓在路旁。

二

慢煮元宵话老汤，天官赐福送安康。
烟花映树千般彩，一夜灯红到旭阳。

三

品罢低回年味香，元宵夜放万家光。
欢歌飞上云天外，爆竹声随逸韵扬。

四

玉树琼枝印月章，大江南北闹灯忙。
上元赐得天官福，五谷丰金满地黄。

五

不语婆娑斫桂忙，猜谜雪夜费思量。
射将文虎双翎箭，一语切中玄妙藏。

六

莫若借风吾引吭，谁能吟韵到苏杭。
西湖柳岸红灯挂，南北元宵比短长。

七

绿意初萌雪隐藏，冰消何日绽春芳。
上元节后看新柳，燕子低回荷出塘。

八

燕子低回荷出塘，春山点点杏花黄。
中元七月回头看，雪夜元宵兆瑞祥。

九

喜入山门寒柳堂，江枫渔火对愁伤。
阴晴圆缺古今事，把酒元宵一夜狂。

十

把酒元宵一夜狂，广寒不睡象牙床。
尺宽寸短费猜度，半盏流泉滚热肠。

十一

半盏流泉滚热肠，心中无处不风光。
元宵化作吟春句，月下弦弹伴笛篁。

十二

欲返家中问老娘，求知膝下好儿郎。
元宵古有射文虎，源自先秦和后唐。

十三

莫忘夫君射日郎，云天只剩一轮阳。
西沉山下遣明月，漫撒清辉大野旁。

十四

漫撒清辉大野旁，烟花火树绽芬芳。
天烧红处无寒意，灯闹元宵不夜狂。

十五

花绽心田结吉祥，孔明灯闪烛摇光。
星河落下万千福，喜聚山城秀水旁。

十六

焰火灯羞皓月光，开元春颂百家郎。
声声爆竹元宵夜，十五金龙舞雪狂。

十七

十里花街又沸扬，元宵锅里煮思量。
康平世界万民乐，盛世逢今共水长。

十八

歌吟长白韵流觞，一缕韶风荡大荒。
水发天池新诗派，三江岸上雪梅香。

新年寄调二首

一

红灯照碧雪迎春，斗转星天月一轮。
木屋歌飞辞旧岁，无眠醉唱玉兰新。

二

云去云来又一春，人生入世几回轮。
尘封旧岁归流水，寒彻梅香雪钓新。

三江源小酌

流水声音隔岳山，旋听天籁韵潺潺。
寒梅雪彻香飞远，邀月三杯醉不还。

小雪唱和七首

一

时将小雪入严冬，冷暖枝头绽笑容。
酒煮红炉听暮鼓，闲杯钓客醉晨钟。

二

小雪知时不计冬，青山已是老苍容。
霜花何必嫌梅瘦，沽酒敲残夜半钟。

三

料峭寒梅笑雪冬，朱红点点看娇容。
风中独我思春早，律锤闲敲长乐钟。

四

缤纷小雪又新冬，无尽霜华换旧容。
望眼苍茫心寄远，江天响彻上瑶钟。

五

又是纷纷雪闹冬，茫茫不见旧时容。
诗花屏上任飘落，一夜骚歌付晓钟。

六

一夜灯前韵贺冬，诗魂曲魄斗芳容。
吟飞大吕又新雪，声彻江天阵阵钟。

七

接龙步韵和新冬，雪碧兰馨见玉容。
各有诗情难尽诉，梨花飞处再敲钟。

有和三首

一

一棹星槎游汉宇，寒宫谢酒醉花神。
嫦娥袖舞霜晨月，玉兔开云逐世尘。

二

光华穹上照环宇，渭水姜公钓洛神。
轮转周天归八卦，六爻数里演红尘。

三

演尽苍茫开碧宇，子牙榜上好封神。
直钩不钓无缘水，法雨难除心上尘。

问　幽

霜染苍林红叶秋，无情翻作几人愁。
随风上下任飘落，悄问一声何处幽。

有祝兴东生日

不悲白发不悲秋，宿命人生水自流。
寿贺南山松不老，清歌一曲向天酬。

山城通化

佟江碧水映山城，灿烂山花百鸟鸣。
日照神州传美誉，清溪流福惠苍生。

闲　语

良言一句三冬暖，恶语伤人六月寒。

嘴上无门云水乱，心怀操正绽幽兰。

红　枫

红映江天枫叶新，一山薄雾露凝神。
谁怜篱上黄花瘦，舞袖嫦娥出玉轮。

昙　花

一现昙花百媚娇，争妍众里竞妖娆。
红尘瞬即芬芳尽，只把香魂慰寂寥。

“九一八”国耻日

九月秋风逝水凉，倭奴塞北起猖狂。
嘶鸣铁马战尤烈，浴血三江天下扬。

董庆林儿子上大学有贺

读破寒窗几度秋，琼林钓月一竿收。
霜花父母牵心泪，望子腾龙上碧楼。

曲水兰馨

幽散兰馨一缕香，枝头滴笑看苍茫。
尘红任那花开落，曲水涓涓几断肠。

有赠耿铁华先生

桓州客坐在皇都，草色关东问也无。
争艳三秦花带雪，多情只怕忘归途。

秋 游

清溪石径叶飘零，逝水流溪不忍听。
秋尽冬来春不远，菊传花讯到闲庭。

读红楼梦新感

花飞花谢几回秋，何必无缘著意求。
堪叹古今情不尽，可怜风月债难酬。

再读红楼梦

花前月下缠绵意，地悯天怜滴泪伤。
自古红尘多恨女，皆缘世上薄情郎。

三读红楼梦

潇湘秋雨又深深，今古葬花何处寻。
黛玉香魂归晓旭，双双泉下演孤琴。

今日立春

五九枝头带雪春，流云旧岁已封尘。
一轮旭日东天照，紫气旋来万象新。

初　雪

风吹落木任凋零，断续秋声云外听。
斗转星天心寄远，长竿雪月钓闲庭。

枫　殇

霜枫飘落问谁收，遣入心中意渐稠。
过眼尘红花一树，人非物换事难休。

雪枝红枫

入眼红枫尽可收，霜风过处暮云稠。
空山正待六花落，雪绽枝头一叠休。

一　片　云

心中一片云，足以慰风尘。
小路深幽处，花间别有村。

一　溪　水

一水任长流，人生何处愁。
红尘风雨后，朗月照春秋。

杂　咏

枉有千杯酒，不能慰世尘。
窗前听古乐，一曲可销魂。

闲　语

情高杯恨小，酒过话闲多。
昼夜分长短，风云一阕歌。

情人节

有份恩仇少，无缘爱恨多。
只因前世愿，醉唱一杯歌。

冰凌花

不叹玲珑小，常随柳色新。
凌寒花破雪，悄送一枝春。

小　寒

霜晨天破晓，已是小寒生。
几落巡天月，梅花好寄情。

中　秋

风清开晓雾，旭日破云边。
水映黄花瘦，月从今夜圆。

今日小暑

细雨淋身爽，衔杯暖肚肠。
江风吹小暑，漫步踏流光。

东汤酌酒

不愁明月尽，自有暗香来。
偶遇东汤酒，春花何日开。

卷二　律诗

上元节有寄

破雾冰轮别样圆，清辉着意撒江川。
焰红夜映云中月，雪老琴弹曲外弦。
忧向孤帆寻梦里，恨将渡水断桥边。
春心许嫁金秋后，莫把家亲望眼穿。

女儿从美国回家过年

每逢佳节盼儿娟，六载离肠乐马年。
常在杯中邀月醉，屡从梦里释心牵。
远游恨水重洋外，近付忧怀西岸边。
寄老何求添富贵，悦亲难得是团圆。

步养根斋韵和甲午迎春

一夜东风破岁寒，星天紫气下云端。
银蛇寄梦未留恨，金马寻春带笑看。
怀抱清心归淡定，歌吟永乐贺平安。
不期碧落花间过，只盼霞飞染玉峦。

步韵和桓州

细数人生去水长，闲思抖落几篇章。
古稀醉梦归禅处，弱冠迷尘问道方。
洞外花明难寄寿，庭前柳暗赖飞觞。
流苏岁月春声近，驰马新元惜寸光。

岁末杂思

善恶人生复又休，轮回相报一怀收。
虚名过眼常遮月，宿债盈身自作囚。
守正邪难侵傲骨，洁心玉不坠尘楼。
酌清慎浊师前事，耽笑苍凉到白头。

开元感赋

开新岁月绿初描，不老人生未觉凋。
把钓幽情云水动，闲弹玉曲梦山摇。
半空夜色三江碧，十里梅华万树娇。
襟抱风流常任我，霞辉一抹染红蓼。

春　雪

三日连阴何日晴，苍穹雪漫舞江城。
心关寒玉纷纷落，耳噪窗风阵阵迎。
慢说梨花春不是，低回月色鸟难鸣。
高山仰止疑无路，大野沉浮可有情。

有　寄

云开佛照一轮阳，苦海舟行逝水长。
梦到醒时空即色，心于寂处麝无香。
青灯不灭凡尘夜，暮鼓难回罗树乡。
滴露荷莲凭法雨，三千大界在禅堂。

又重阳

春花绝艳又重阳，冷染秋风两鬓霜。
碧上裁云成旧梦，林中落木断愁肠。
抽身俗世闲吟月，退步浮名淡品香。
罗雀门前寻自乐，弦弹曲水醉流觞。

清明祭祖

冥节迎时拜墓前，柔毛刚鬣祭家先。
感承父母青芬护，垂佑儿孙碧水连。
万朵红云衔旧府，一轮明月照新川。
人间最是天伦乐，光耀门庭固永年。

痛悼佟江七子张忠民先生

万般了却化尘烟，别梦风霜赴九泉。
情绽桃花茅屋外，心弹云曲柳条边。
千秋垄亩千秋月，半个诗翁半个仙。
东热西凉多病苦，何将断笔赋孤弦。

咏　秋

云随冷月素光流，霜白难从五色秋。
千尺红尘争俗眼，一竿水绿钓闲愁。
情超哀乐三杯足，心彻阴晴无事忧。
诗酒旧抛身外累，九歌旋唱自家楼。

感　怀

明暗随云天际流，缺圆百感又中秋。
雁声过处半山老，菊影摇时一树愁。
思遣冰轮悬古恨，风吹寒叶落今忧。
隐将旧忆梦分去，借得清光独上楼。

向海风华

千秋玉甸老榆黄，绿漫沙洲野草芳。
水向湖边流出暖，风从花里过来香。
潮声夜唱寒江静，月色云开醉客狂。
聊借妍华怡倦眼，只将胸臆赋诗章。

香海寺礼佛

礼佛参禅向海旁，慈悲经诵度迷茫。
青灯点亮一轮月，漫雾吹开万里阳。
读破了凡知四训，梦回心泪落千行。
红尘不染绝尘客，秋木枝头几叶芳。

通榆采风感怀

吟旌指处赴东塘，又聚诗朋唱大荒。
汇律梅津听晚渡，乘风向海启新航。
清芬梦入苍山静，贤笔书争玉甸凉。
歌牧流云归劲旅，草芦抱月醉三狂。

黑 天 鹅

南来北去辨春秋，一路烟华尽染眸。
振翼不争千树雪，引歌自乐百花洲。
苍茫舞罢因风醉，寂寞吟将对月酬。
缘结同心三石上，随云逐雨信天游。

向海渔火

风中踏浪雨中行，远眺湖光百里泓。
酌酒三杯邀鹤舞，吟歌一曲向云呈。
棹摇澄碧难追梦，网撒春秋不钓名。
枕上波涛随影动，小舟叠月伴鼾声。

摄影抒怀

是日邀朋户外行，小溪流唱鸟啼声。
林中一缕霞光灿，水上三重波影横。
但得夕阳无限好，勿求碧月四方明。
孤心乐此寻幽处，摄下晨昏满眼情。

有　寄

花芬花落几春秋，云去云来逐水流。
寒谷兰开香满域，清江影叠月盈眸。
事能知足心常惬，人到无私品自优。
七彩升虹风雨后，一山烂漫任君收。

读荷赋有感

云开山月洒莲塘，暮笛声吹彻夜长。
感绿愁红西女怨，寻春恋雨寂心藏。
谁怜花影摇风瘦，独醉蛙声入梦香。
旧事回眸流恨远，情倾乃赋为荷伤。

端午感怀

汨罗已逝楚时星，暗暗明明泛洞庭。
天问缘何鸣大鸟，心留无奈落幽冥。
新歌远唱烟霞散，旧曲今弹岁月听。
历数英雄谁点笔，一江恨水几流停。

步韵题小溪花径

绝处香尘客自迷，幽弦一曲解无题。
吟成恨水随风雨，剪断愁丝化雪泥。
莫叹飞红梅影瘦，怕惊睡美鸟声低。
花间醉任黄鹂唱，啼落芬芳卧碧蹊。

盛世清明

春风携韵赋清明，介子碑前咏叹声。
千古寒炊难再继，一朝盛世又重生。
山中碎月铺华影，柳上新枝唱玉莺。
万里江川经雨沐，神州自在海天横。

癸巳上元夜感怀

竹火红烧独照天，星河漫数几经年。
八叉赋就无新句，一瓣香焚有旧篇。
花落花开春不老，月明月暗事难全。
今将白发共云鹤，柳下琴弹自作仙。

癸巳立春有感

春打辰年六九头，忍辞旧岁待新酬。
金山水漫双蛇舞，乐世人欢百福求。
翅展凭凌风万里，声呼仗对月三秋。
梅华不为孤心落，眼放长宽处处幽。

养根斋探望唐仁举感记

病卧咸贤牵众心，终将晓破日升临。
人生苦短经寒雨，路漫艰长待玉音。
座供清香非妄佛，胸藏寂寞不堪琴。
舟摇平水同鱼乐，闲钓东阳映老岑。

再悼佟江七子郝贵堂先生

罗盘指就戌辰间，泣泪郝公何日还。
满腹华章皈佛国，一身正气赴灵山。
绝尘炉火存仙骨，入梦苍冥盼玉颜。
十殿阎君尊厚爱，轮回六道出寒关。

恸悼郝贵堂先兄

风凄雪泣恸哀伤，龙凤山前悼贵堂。
事勿言虚人品大，情非怀惠义心长。
巍然气节如高月，卓有清名若霁光。
仰叹才贤天不悯，离骚未尽只留芳。

通化诗词学会成立三周年有感

雅呈韵寄正三年，长白新歌响彻天。
古调大东群鹤舞，清轩小字百花妍。
溪流石上吟明月，霞落花间笼淡烟。
幽趣当于云外品，个中为乐是高贤。

感　怀

浪里浮沉几十年，情同流岁逝潇然。
人生触处常有感，世事移时逐事迁。
烂漫东风吹鬓散，朦胧霜月落花怜。
长空雁过红尘梦，彻远寒声淡淡烟。

通化天露葡萄酒

独邀碧水远尘喧，四面青峦护小园。
万绿河边悬紫玉，千红屋后入华轩。
花开香醉山中客，日落霞披柳外幡。
天露滴声高永夜，旋成骚曲舞仙媛。

韵和养根斋

从来诗酒唱同源，曲水流觞醉百篇。
相看东荒吟几许，欲求南剑问三先。
怡情不舍云山外，苦旅常寻古道边。
眼若高时无碍物，心怀开处有尊贤。

壬辰中秋

一轮皓月转匆匆，万物逢秋各不同。
捉笔山川思旧绿，寄情烟雨见残红。
声寻雁阵归天外，梦醒霜花落镜中。
极目苍茫悲草木，吟随尘浪笑寒风。

教师节有寄

梅骨兰姿映丽阳，师情化雨撒疏狂。
台前课授千家子，烛下书批万页章。
倾尽丹心寒月瘦，蒙开稚齿小荷香。
满山桃李花争艳，乐染园丁两鬓霜。

梅河口采风

梅津不日踏莎行，水色山光映月明。
笔落池南方入梦，弦弹塞北再传声。
谁能惠得千华意，自有相思一份情。
晓角云天花解语，吟将好韵记年程。

龙泉寺和唐仁举僧道对语图

万法归源道不同，仙修禅悟赖心通。
坐微尘里参三世，放意人间品四空。
淡若流泉听水逝，清如落月看云融。
山花经雨幽兰静，心止长林八面风。

参观中共东北局梅河口会议旧址有感

六十年前烽火稠，长春克敌出奇谋。
王师北定平关外，铁马南征忆小楼。
遥祭心将英烈唤，入怀韵把逸音收。
巍然大节垂千古，更有清名共水流。

梅河赞歌

十里梅津逝水长，云帆载去柳边殇。
风烟化作旧时雨，笔墨书成新乐章。
一域农工兴大业，百川草木育平康。
鲲鹏腾展宏图志，棹奋千舟正远航。

参拜龙泉寺佛塔

一级浮屠一炷香，慈悲我佛塔中藏。
参禅祈愿知多少，入世谋求几乐伤。
名利山前迷俗眼，风花柳下惹愁肠。
到头谁不抛凡骨，空去空来泪两行。

参观梅河医院

董奉园中访杏林，苏耽橘井白衣心。
沉浮脉断寸关尺，来去情含药血针。
济世良方除痼疾，回春妙手送甘霖。
业从榜上冠三甲，润泽苍生护碧芩。

聆听养根斋长白山文化演讲有感

长白垂名史籍存，大荒经北证乾坤。
雌雄四翼飞双鸟，今古三江出一门。
沃壤滋成千岭木，青山育就万家孙。
不咸当雪无文恨，盛世高贤助养根。

题杨宝沟独居深山老人图

题图吟律暗伤神，只叹山中孤独身。
石转风凄磨泪雨，门开雪冷抖霜辰。
有情云为洗寒月，仗义谁来浣苦尘。
小善二三修德事，禅心好助可怜人。

步养根斋韵痛悼刘忠德先生

噩耗惊闻忍泪流，哀风凄冷似霜秋。
家山绿绝三分碧，鸭水波伤七叠幽。
痛失达贤天地挽，长留浩气古今求。
遥将拙笔壮行色，泣把追怀寄案头。

有　感

混破乾圆地自方，事无规矩不成章。
禅从五戒归真性，杵历千锤锻好钢。
万里途遥生足下，十年苦短视身旁。
灯翻雪屋鸿儒近，指上流音日月长。

偶　感

难得糊涂喻世章，聪明常被巧言伤。
麝因香重身先去，蚕为丝多命早亡。
富贵穷寒谁可替，酸甜苦辣自承当。
生平枉费心千万，老后空流泪两行。

壬辰清明寄怀

清明孝悌寄哀思，雪乱风凄雁叫迟。
不尽离愁生易水，无边别恨夺阎司。
香烧旧忆归残梦，纸化新冥赋远慈。
今日谁怜双白发，春花秋月可相知。

贺佟江七子张宝琦先生六六诞辰

六六经年漫路长，人生曲水似流觞。
无边风雨催春老，不尽烟花入眼盲。
霜月亦当秋壮色，寒枝更赖雪飞香。
衔杯醉我天伦乐，相伴家贤到地荒。

谢赠诗

历谷游深知境幽，觉心醒世数风流。
峦山已是换新黛，岁月何须忆旧愁。
天命谁人迷惑语，清江愿者钓盲钩。
但怜春去浑无迹，更漏时光掩面羞。

步韵有和

读罢诗文更觉真，一分回忆一分纯。
忧伤便是多情雨，烦恼犹如无色尘。
失意人间空枕梦，可怜物外暗藏珍。
何当有日抛凡骨，春在枝头不恋春。

重阳感怀

越老年光情越真，冰心更透那时纯。
流云触眼空衔月，逝水苏天渐绝尘。
何把闲愁吟黯寂，但将旧忆品甘珍。
沉烦消去留清瘦，尽揽芬芳扑面春。

步养根斋韵《延边设州六十年志贺》

雄鸡一唱动三边，壮色烟华六十年。
张鼓峰前悲往事，海兰江畔踏新川。
风吹社树千枝灿，喜撞心怀百感牵。
盛世春情春不老，兴将花甲再轮天。

游奉化有思

海角崖山一线斜，飘零水上旧中华。
慈湖侧畔难眠地，仰母亭前空落葩。
望断关河非昨日，朝离云汉是孤霞。
双珠合璧几时有？不愿残轮哭桂花。

红尘得悟

吟中储厚见琼柯，仗对春秋一放歌。
棹短舟长狂激浪，怀宽世窄奋坚河。
盈枝香老争霜力，绕树丛深挂碧萝。
迷眼红尘谁得悟，是非读破乐酡酡。

眺悟夕阳

浮沉一梦醒南柯，野雪山阴九曲歌。
石滚流溪循日月，钩悬寂岸钓江河。
星辰壶里求真乐，桃李园中卧薜萝。
茶煮清泉邀旧客，香回舌下醉微酡。

情　人　节

玫瑰悄送夜来香，花里情丝有短长。
思把灯前衔泪眼，身将柳下诉柔肠。
残红落处终成恨，缺月圆时难愈伤，
一段西邻风俗曲，音旋今日几多狂。

步韵再和四家漏夜联句

元开紫气出榆关，星灿华流落大千。
横谷烟霞濡耳目，侧弦钟磬入幽燕。
心舒长白圆虹处，意畅辽东垂柳边。
曲水衔杯观众妙，吟情一阕赋京天。

贺佟江七子耿铁华生日

逝水流觞日绽晖，经年百惠载春菲。
高情与世留名在，雅性随身抱韵飞。
凛冽风霜知草劲，艰难岁月笑寒威。
闲将纷乱抛云外，柳眼新开待雁归。

游览求仙入海处有感

星移斗转越经年，入海求仙碣石前。
寿祝秦皇魂有恨，东临魏武月无圆。
荒唐一笑云游客，愚昧难成雪梦篇。
北戴河边听逝水，小城故事化风烟。

夏　至

短长日影落平直，斗转苍穹半月时。
潭水听幽难可测，山光照老未能持。
临风独自由君去，对酒唯因与梦宜。
夏至云浓多雨露，人逢知己醉千卮。

书法笔会

松烟载律绕中华，书苑禅开紫陌花。
走笔颜筋衔柳骨，吟骚旧韵育新葩。
千年古月承今赋，满袖清风醉晚霞。
唱罢兰亭云水调，邀来李杜一杯茶。

庆祝中华诗词学会成立三十周年座谈会在京举行

雅聚京城共发声，春风送暖鸟争鸣。
柳琴欢奏迎宾曲，玉盏轻斟律友情。
笔纳清流书远志，诗吟碧野舞吟旌。
舒心莫过及时雨，相约关东再启程。

有赞茂山诗社

骚音韵曲茂山人，九友缘诗别样亲。
月下吹箫听玉柳，窗前酌律和贤宾。
采风刊集扬名远，沥苦尝甘笃意真。
横笛倾幽歌永续，霜寒再度雪梅春。

西江贡米

滴露听秋玉甸凉，采风东野看花黄。
清辉漫彻江中月，金穗轻扶地上霜。
米贡皇家成御膳，身流汗雨化农桑。
声吹芦笛齐天乐，美誉诗将四海扬。

一　树　秋

一树云烟一树黄，秋光漫撒柳溪旁。
横空雁叫霜啼月，潜夜风号水滴殇。
已是凋零红叶落，难回繁茂絮花扬。
岁流不叹春声远，爱恨怜心易断肠。

先贤刘仲元老先生十周年祭

不凡岁月几开元，喻世文章百万言。
梦笔生花传后宇，子规啼血绽梅园。
哀思向远十年祭，悲曲吟弦一夜喧。
咏叹先贤当有继，清流雅望浪头翻。

翟志国先生三周年祭

岁月轮还旧历翻，思君梦里却无言。
因诗缘结鸭江岸，投好杯倾紫陌园。
品淡人生归笑貌，听残曲水诉哀幡。
三年不醉非关酒，恨少樽前耐寂轩。

中秋感怀二首

一

忍闻夜雨滴秋凉，瑟瑟西风梦路长。
缺月难圆归宿命，残庚不老醉余觞。
云听过雁啼声远，水逝飞花落影黄。
说破红尘愁自解，东篱独向一帘霜。

二

鸣蝉听老叶飞黄，雁北南归秋渐凉。
芦笛声回旋寂夜，池莲雨过落空塘。
风吹江海一生梦，月上穹天几断肠。
不醉邀杯难对酒，寒宫滴泪桂花旁。

重阳感怀

相逢九九又重阳，爽气金秋看菊黄。
隔岸娇儿归故里，释怀孤雁落身旁。
欢情莫过天伦乐，离恨依如云水长。
今日登高心激悦，撷来丹桂一庭香。

有和养根斋大东汇韵

关东起韵唱高岑，百曲千歌啭上林。
长白山怀中国梦，三江水映万民心。
喜逢盛世难寻古，乐见清平正遇今。
大吕黄钟敲泰岳，天庭响彻绕梁音。

韵和唐仁举先生

任从宦海几同骖，每忆曾经梦也酣。
携韵家山吟漠北，思君泪眼向天南。
诗舟奋棹三江远，驮岭激收一水蓝。
苦短人生空有憾，好将柳月赋闲谈。

贺恭王府博物馆全面开放十周年（步李文朝将军韵）

春花蓄势一枝藏，开落随风共水长。
感忆康乾成盛世，任听今古论召棠。
百年旧府遗瑰丽，博物新园耀翠光。
有梦中华明皓月，千红万紫聚贤堂。

再贺恭王府博物馆开放十周年

几世恭王出大清，空留府邸载浮名。
偷香花色尘声远，夺巧天工气势宏。
翠锦逢今堪国用，华容承古润民生。
燕都第一佳山水，博物园中照月明。

敬用叶嘉莹先生联咏怀

晖洒江天月满城，闲声噪耳勿须听。
身修操守求无过，命历尘缘信有情。
入世已拼愁似海，逃禅不惜隐为名。
虚怀物我庄周梦，一夜酣眠到五更。

亲人祭

清明乱雪漫寒天，祭酒儿孙野冢边。
一缕哀思随火化，三千愁絮任风牵。
曼珠花叶难相见，孤雁洪荒亦自怜。
插柳门前春不老，芬芳紫陌向流年。

步韵和张岳琦先生《八十随想》

宿命今生前世修，勿将八字问缘由。
任凭穹上风云动，不叹花间岁月流。
高竹清虚呈傲骨，红尘纷乱惹闲愁。
细勘舍得禅真谛，豁眼单从悟字求。

贺张岳琦先生八十寿诞

寿贺张公八十春，苍松不老百年身。
听闲独钓寒江雪，寡欲常除俗世尘。
大雅情怀存正道，微观境界见良臣。
清虚只把逍遥度，做个吟风弄月人。

步养根斋韵贺通化县创建中华诗词之乡全面启动

辽东纪调卧龙岗，大吕新声今又扬。
月下揉弦承一脉，林中携律颂千乡。
春风助力吟旗烈，碧浪推波逝水长。
正是诗花开塞北，上殷台上妙文章。

步张岳琦先生韵咏春雪

六花飞舞落无声，一色江天雪韵清。
岸上听风云水动，春前闻信雁书呈。
新开柳眼待时雨，灯闹元宵不夜城。
雷震蛰惊苏万物，山光映月暮霞明。

贺耿铁华先生古稀寿

寿祝南山不老松，金狗旺岁焕春容。
丸都证考千年史，鸭水情迷五女峰。
遍踏桓州寻旧迹，勘游书海觅新踪。
长河载册独称道，东野云天跃卧龙。

锦江木屋村大年初四上央视直播有感

声声犬吠送残冬，雪舞梅花绽笑容。
木屋多情迎远客，山村小路踏新踪。
未曾到此心中叹，期遇知谁月下逢。
央视名扬传四海，锦江水映日彤彤。

步韵戊戌咏春

欣逢盛世老来身，正是清明月一轮。
大野梅开千树雪，穹天福降九州人。
开元共筑中华梦，携律同吟锦绣春。
戊戌先贤曾有恨，而今四海庆维新。

狗年祝福

金鸡唱罢酉年冬，戊戌芳华见玉容。
继往开来追梦客，奋今逐月踏前踪。
春风好句山中觅，芦笛幽声天际逢。
携律山城情寄远，三江祈愿日彤彤。

善奉慈亲

为先为善奉慈亲，不孝儿孙枉为人。
跪乳知恩尚有报，求贤护国怕无臣。
谦修自化三千业，劳奋年丰六九春。
天道怜情归梦客，莫将星月转空轮。

立春有和二首

一

酉鸡唱晚戌狗春，浩瀚穹天挂碧轮。
一树鹅黄抽碧柳，三江旧水念慈亲。
节时不待闻啼鸟，杯酒难邀醉玉人。
大岳飞宏腾万里，昌隆开运起元臣。

二

四季循环又一轮，言长话短叙情亲。
相思别梦他乡客，寄意离愁陌路人。
破晓并非西岭月，护花不再汉庭臣。
阳关雁叫归鸿近，正是天东带雪春。

梅花新春

昌隆自古赖贤臣，化雨清风草木春。
不识庐山迷薄雾，单从野陌驾香轮。
鸡鸣岁尾啼声远，狗吠年头入世亲。
旧历尘封多少事，梅花只恋有缘人。

新春有感

独钓闲情白发人，蹉跎岁晚过时臣。
曾将诗酒吟风月，也把心愁赋柳春。
浩瀚巡天明北斗，迷蒙弄影叹冰轮。
红尘道是非常道，致好乡邻胜远亲。

悼杜卫京先生

噩耗传来泪雨倾，朋亲谊友恸哀声。
问君怎忍留遗恨，去鹤难归忆卫京。
可叹音容回梦里，只怜妻小守孤城。
黄泉路上无星月，拨亮心灯寂寞行。

有感余年

花开花落岁寒人，邂逅红尘笑此身。
摇翅乌纱虽未假，弄权名利并非真。
难全宿业求三果，欲悟禅缘辨六因。
行越超然凭自我，心中总是一园春。

咏 梅 一

欢喜梅花雪漫天，苍茫无际碧云连。
红炉煮酒三杯醉，白壁题诗一曲旋。
浅意随风归冷月，闲情钓雪醉寒烟。
凭谁怒放香飞远，独领芬芳舞大乾。

咏 梅 二

引傲江天透雪红，枝头沥苦笑长风。
香飞冷域报春早，韵落闲庭入耳聪。
月下甘怜听寂寞，崖前感叹钓玲珑。
云舒舞漫广陵曲，一树霜华向碧穹。

大　寒

节气终时数大寒，苍茫岁月又经年。
枝头红透梅关雪，天际云飞柳荡烟。
旧事尘封归逝水，新庚梦寄不依天。
争妍百肃待春雨，且问芬芳谁占先。

毛泽东诞辰感赋

雪舞梅花庆诞辰，九州正是月华新。
宏谋筑就千秋业，壮志凌开万里春。
逝水流长谁不老，飞思寄远倍相亲。
东升旭日神州耀，更念倾天换地人。

冬至二首

一

人生苦乐度秋春，星宿循环月一轮。
欲洗身心求法雨，忍听殇曲荡风尘。
时归冬至昼间短，梅绽枝头万象新。
独有长竿闲钓雪，罗浮梦里共寻珍。

二

冬至阳生已渐春，遵时九九数头轮。
飞鸿隐解云中意，流水难除世上尘。
独有寒梅香淡雅，不无冷月色清新。
时年正是梨花盛，盘点星天处处珍。

松花石韵

松花石韵赖天成，瑞璟痴心半世情。
资费三千何足惜，鸿飞四海自扬名。
题诗冷碧流风暖，落月秋池出水清。
笔力芳家吟大美，一书刊发誉相迎。

依养根韵庆祝十九大召开

百年大治苦追寻，览胜乾坤探路深。
会聚京华商国策，梦圆玉宇奋人心。
一轮朗月明天下，万里霞光映碧林。
且看秋红香正彻，弦歌四海共操琴。

中秋感怀

照碧晨阳朗朗秋，山光五色欲难收。
枝摇树火东篱艳，叶落霜花野径悠。
今夜谁能同月醉，霓虹映水向天酬。
团圆自古千家愿，一缕寒香岁岁求。

再咏西江贡米

养心殿里点朱红，贡米名扬大野东。
水出天池浇沃土，月升巅岭照苍穹。
雪梅寒彻三千域，御膳香回百姓中。
斗转乾坤从社火，家家一碗玉玲珑。

集安申遗后再游

边陲小镇夜光明，浪涌波扬两岸情。
百代丸都春染绿，一江碧水日流清。
太王梦醒惊新貌，皓月东升照盛平。
几向山河询皓月，方知还是老皇京。

悼毛岸青

云悲月暗起哀风，望眼长空顿首躬。
魂去湘江思母泪，身留幽蓟伴梅红。
但从民里时常客，不把人前妄自雄。
浩气长存飘万里，丹心化作一天虹。

生日感怀

风吹碧浪唤长龙，待看东山一劲松。
眉锁霜秋心底事，风弹素月梦中逢。
佛家有性三更雨，禅道无求夜半钟。
新雨空山听鸟唱，霞红满眼看奇峰。

贺养根斋华诞

轮还六道入生门，最是感怀父母恩。
不醉天涯风彻骨，常思故里叶归根。
马訾水泮追江月，长白松间印雪痕。
笔底留存千古韵，轻歌一曲沁儿孙。

贺中华吟坛集安笔会

柳绿花红碧水流，清歌旋起响通沟。
大碑汉隶镌青史，小镇唐风释旧愁。
千载阶坛积奥壤，百年激浪荡轻舟。
谷涵韵海涛声壮，今古家山两注眸。

集安诗词学会成立

丸都碧水沸流新，入眼青山别样亲。
宋韵唐风今亦在，秦碑汉隶史尤珍。
鹤盘岭上千秋迹，鸭绿江边四季春。
宦海浮尘空白发，余心故里做骚人。

立秋感怀

冷雨宵来洗郁忧，感时草木渐知休。
清风慢送云中月，碧水空流浪里舟。
半世蹉跎催白发，一年容易到霜秋。
不将柳绿千山寄，但把枫红几叶酬。

贺梅河口诗社成立

天碧秋清起韵新，菊香暗送到梅津。
江河汇纳千川水，日月开怀万里春。
霜染枫红多烂漫，风吹柳绿总明神。
得来确是不容易，好曲流芳当自珍。

和养根斋并拜年

柳眼初开酒满斟，清歌携韵绕天寻。
流云有意成诗梦，明月无言照客心。
斗转金猪将远去，春回玉鼠已亲临。
沧波一望通千里，鹤引三江百鸟音。

悼强晓初

且共养根怀晓初，当春旧念又新锄。
鸡林韵发千峰秀，宦海云开万柳舒。
渡虎域中留建树，悬鱼庭里见真如。
流芳百世高风在，遥祭心中拜雅庐。

贺周笃文先生寿诞

百川纳水大江流，光灿星天耀斗牛。
古曲今诗纳荣辱，颜筋柳骨化刚柔。
周涵群籍五车载，博贯三经一世修。
华夏文昌留史册，高贤德誉满琼楼。

贺东辽河诗社成立

又是春回柳吐烟，先声新曲润诗田。
桃红花引三千树，水绿情弹四百弦。
何处吹笳明月夜，盈时倚剑白云天。
清音歌醉江东客，携手长林效大贤。

赠 杨 老

戎马提刑册记通，壮心不隐志心同。
掩书余味寒山外，载物留声墨路中。
名接天庭无诀利，气连宫阙有勋功。
琴临秋水弹明月，闲把清江钓韵东。

贺养根斋六六大寿

养根斋里演风尘，平淡清虚既是真。
豆谷勘城追亘古，水宫探墓记劳辛。
雨滋百蕙无枯蕾，德育千蛟有道人。
积得今生心血在，征车碾出一江春。

贺《历代诗人咏集安》出版

雅集欣成起韵风，溯源隋晋纪辽东。
丸都浪载千秋史，砥砚情怀百代功。
春雨禅开鸭江水，清音喜赋洛阳宫。
梨花五月飞佳句，今古琴弹相映红。

贺吉林省诗词学会代表大会召开

放眼秋江映碧天，轻风拂柳月高悬。
鹤听流水三琴曲，龙吐飞云五色烟。
梁苑诗吟歌白雪，邓林情醉舞青川。
罗浮树下千家梦，八面清音入管弦。

再贺吉林省诗词学会代表大会召开

流韵清秋八月天，春城歌壮大旌悬。
风来云外苍山雪，雨落湖中碧树烟。
索句寒关吟皓月，寻香野水写金川。
文昌感我琼林唱，一曲骚歌助管弦。

赠刘兆福先生

清泉新碧发佟佳，江鸟盘山满树花。
冷月丈夫灯下泪，寒梅妻子梦中家。
得天气足春无用，入世情多鬓未华。
爱释冰心随逝水，骚歌唱晚一天霞。

贺集安诗词学会成立一周年

居士丸都领韵东，山泉流碧百溪同。
绛珠独钓松间月，奋棹狂摇水上风。
沸谷荷开疏柳绿，颠舟浪涌彩云红。
虚江五女婆娑舞，隐逸骚人颂大功。

中秋逢《关东诗苑》付梓感作

又是丰秋月正圆，关东新曲喜成编。
枫红一叶知霜重，路远三生问禅前。
文绿书沾花外雨，风轻鸟唱柳中烟。
放眸长白众山小，好做鸡林快乐仙。

长白山感怀

雾重霜红月正圆，雁声引梦续山缘。
天开已发三江浪，地裂曾烧九域烟。
昨日风和吹旧绿，今朝雨细沐新川。
东来紫气云霄外，福育人间数百年。

观　天　池

登高喜见一天晴，脚下云飞冷雾横。
流水磨成青石瘦，悬峰衬得日光明。
朦胧湖影疑山动，澎湃松风如海生。
倒挂垂帘珠玉跳，雷鸣峡谷助涛声。

题唐仁举先生兄坝上采风照

一幅丹青惹意狂，难寻妙笔写辞章。
红尘浪里群山动，紫气云中百鸟翔。
霜重秋吟新岁月，情深春恋旧时光。
东升暖日天酬客，入梦魂游桦树乡。

访三狂草庐

也把心歌送草庐，有缘识面忆当初。
满天星灿凭他意，四匹狼狂任自如。
日月壶中秦汉曲，山河灯下古今书。
吟嚎大野惊南北，玉甸新声踏雪锄。

读史感怀

司马窗前史记声，老孙兵法任纵横。
仲尼有道千家颂，李耳无为万古情。
卦演周公六爻立，书藏洛水一经成。
从来笔墨知人意，说尽春秋不计名。

贺白山市诗词学会成立

喜见天东云锦张，生花梦笔几多藏。
诗吟枫岭千川秀，韵和佟江一脉强。
满树清风抒锦绣，半山新雨润华章。
烟开边柳心先醉，画角声吹万里扬。

佟江诗社成立三周年有贺

云情雨梦已三秋，水发天池一脉流。
雪映梅花吟白雁，风开柳眼醉青眸。
随缘进退逍遥客，与世沉浮自在侯。
鼠唤金牛报春早，千红万紫藉词收。

长白山《池南撷韵》出版有感

诗咏池南序境新，喻深望重卷藏珍。
霞红淡染锦江雪，云白轻含碧柳春。
鸭水怀情山有意，冰枝滴露玉无尘。
华章从此流芳远，寄与先贤与后人。

谢赠诗有和

情随激浪大江流，但恨庚年近暮秋。
难为琴心颇感愧，更羞剑胆善筹谋。
霜寒冷照九天月，气正闲抛万户侯。
留把清名当富贵，摘将乌帽换轻裘。

有　　赠

逝水流年又一春，清风细雨洗征尘。
淡吟高月心常静，久历长林语自新。
缘去此间难舍得，情开何处不求伸。
云霞尽染阳关路，普照天涯有道人。

咏　　梅

白玉枝条透雪红，先开已自醉长风。
三冬香割冰霜见，一份情临天地通。
漫路谁人亲冷淡，空林有月护玲珑。
冲寒不为争芳艳，入世迎春含笑中。

步韵和养根斋

送鼠牵牛又一年，冰凌先展报春缘。
韵飞诗涌三江浪，泼墨情投五色笺。
古道长林寻旧迹，高山平水绘新编。
书成百帙流芳远，乐向人间吟浩然。

上元夜

枝头月挂万家圆，烛火烧红五色烟。
青帝遣心开盛世，紫姑卜雨兆丰年。
走桥姐妹闹灯客，致孝儿孙化纸钱。
爆竹声声光吐夜，春风渐自晓中还。

草堂华诞有贺

月挂中天五十轮，寒光冷照坐堂人。
壶悬百味煮甘苦，脉断九侯惊鬼神。
曼舞杏林三尺剑，轻吟乐府一阳春。
等闲不把病家负，只手流情暖语陈。

蒋力华兄《法书吟鉴》发行

笔走龙蛇掠海求，鉴心法眼铸新俦。
旋香砚底松烟落，刻烛篇中韵水流。
意醉兰亭追汉隶，情痴梁苑品清幽。
独成一树悬高月，捡取蟾光照碧秋。

又 清 明

岁时三月又清明，雨细风和万象生。
淑气初衔花色浅，旭阳朝沐柳云轻。
年光迅速追难及，春意悠然画不成。
反照夕阳犹炫目，青乌向白更多情。

贺集安文化论坛开版

一轮明月照经年，汉隶先碑著玉篇。
鸭绿江中漂古韵，丸都城上奏新弦。
是将笔砚留青史，安把赋歌吟自然。
客地长生游子梦，家山碧水映霞天。

《百年苦旅》付梓感赋[①]

白山纪咏育青珉，续演洪荒玉树春。
雨涤三江千嶂雾，风除半阕百年尘。
养根承韵忙元夜，大序率刊明宿因。
今自天东消此憾，留香后世鉴心珍。

【注释】

①《百年苦旅》，2008年，张福有、曹保明、梁琴、周长庆为纪念刘建封踏查长白山一百年，由吉林人民出版社出版。

祝　寿

甲子轮回不老春，青山依旧属骚人。
静听山水何须酒，高卧烟霞便是神。
历雨当知清入梦，经风始觉冷临身。
踏歌声散重呼酒，诗笔江天为庶民。

通化十景有感

玉皇山顶拜三尊，化合阴阳乾对坤。
大漠风情须检点，小城故事待重温。
先贤十景探幽静，我辈双眸恨浊浑。
驮岭云追江上月，清辉储意洒来昆。

端午感怀

初开混沌赖先尊，气化乾天演地坤。
辟世三清传德道，修身四季辨寒温。
太虚无实心空寂，幻妙有真人不昏。
一曲骚歌千古恨，闲思老悟寄明昆。

贺公主岭市创建中华诗词之乡

怀情公主梦还乡，入眼斑斓五色章。
古刻绳文明德道，今弹府乐胜秦唐。
双龙遗恨三才老，九凤留音百世芳。
声伴响铃歌锦绣，韵流辽水共天长。

未参加公主岭诗会有憾

应邀有憾未前行，但恨无缘会众英。
公主响铃传旧韵，鸡林吟韵奏新声。
山流水曲春秋月，瓦刻绳文今古情。
九凤朝阳旋紫气，赋吟梁苑自天成。

镇东楼远眺

登上长城楼上楼，凭栏远眺叹边侯。
风清海碧涛声壮，沙白云深雁影幽。
忆昔烽烟烧故地，看今瑞气绕沧州。
榆关冷照秦时月，逝水流情洗恨仇。

大泉源酒

清泉涌碧映霞红，古窖藏珍味不同。
月下笛音迷彩凤，壶中酒味曳长风。
回香淑气飘三域，入口琼浆醉七雄。
诱醒刘伶邀李杜，迢迢千里赴关东。

生日感怀

生辰叹暮年，穷富命由天。
过处万山瘦，来时几度圆。
旧抛身外事，新结乐中缘。
一曲声声慢，梅花带雪妍。

寄韵友人

尘烟入眼迷，高处看山低。
风起前唐事，晴升后汉霓。
竹空虚有节，梅瘦品无泥。
雾散清明日，鸣莺和唱鹂。

网上感言

迎岁早梅新，冲寒辞旧人。
凌风驰傲骨，御苦醉华春。
静得云山动，闲将草木伸。
流光归雪月，携律话情亲。

《滴翠集》出版步韵志贺①

月下诗行路，听寒梦夜长。
云峰藏秀色，雪树绽奇香。
砚底求难尽，吟中乐未央。
春山烟滴翠，一卷锦文章。

【注释】

①《滴翠集》是邵红霞出版的诗集。

立秋感怀

陌上星辰动，人间岁月迁。
风花含暮景，草色入流年。
醉后红颜是，生涯白发前。
杯中疏影瘦，宦海更堪怜。

再题西江贡米

御膳西江米，香飘未记年。
时光磨碎玉，碧水滴琼涎。
誉美千斤重，珍奇一粒圆。
秋风吹塞上，殊喜入心田。

寒食节

和风吹暖树，渐有小桃开。
晨旭消残雪，清辉洒碧埃。
冥钱呈列祖，寒食宴春台。
介子清明愿，绵山任火来。

立　冬

立冬秋已尽，渐有雪来新。
玉冻苍松翠，云开明月真。
虽无闲梦客，却有悦心人。
寒暑年年是，空山总盼春。

重阳感怀

菊艳云衣冷，秋深落木黄。
登高风瑟瑟，望远野茫茫。
心畅江天阔，神清日月长。
茱萸归旧忆，岭上又新霜。

今日霜降

秋深冬复始，不日又重阳。
影动江中月，花残地上霜。
登高云水阔，放眼海天长。
苦乐人生路，谁将玉尺量。

今日秋分

雁将明日去，秋向此时分。
老树飞黄叶，空山过白云。
人闲须对酒，仓满赖耕勤。
霜冷东篱艳，寒烟一缕熏。

贺梅河诗词学会十年庆

山蓄天池水，云怀世外人。
江舟流韵远，霁雪化元真。
柳岸听新律，梅津颂碧春。
鸡林花滴露，诗雨落纷纷。

春　情（偷春格）

惊蛰因雷动，疏林待鸟鸣。
冰凌花傲雪，江上柳摇轻。
梅弄千山雨，风吹一树琼。
尊时春作早，五谷向秋呈。

元夕寄调

竹爆元宵夜，灯装一树春。
云天飘瑞雪，时雨洗红尘。
雷震龟蛇动，风吹草木伸。
东山升暖日，又是柳丝新。

宝君兄回通小聚

小醉江南夜，时移二十年。
沉浮知岁老，谈笑忆从前。
仍照秦关月，难回旧日圆。
而今何所欲，逝水任潺潺。

光华露营

细雨敲云帐，林中啼鸟声。
兴高难入梦，杯小醉无情。
露宿餐风夜，旋歌动碧泓。
江河鱼恨少，何必起三更。

春 来 晚

枝头听鸟唱，树下细观花。
云里难追月，溪中常跳虾。
小桃犹可赞，大美莫须夸。
虽是春情晚，芳菲沐万家。

春 恋

风和花气暖，晓月映山光。
无意春华短，有情云水长。
何须时得月，怎奈鬓添霜。
桃李随心远，红尘寄韵忙。

立 春

清风摇细柳，残雪润苍台。
旭日东天照，寒关紫气来。
云移听雨落，雁叫唤春回。
五谷须耕早，应时不用催。

惊　蛰

龙头山外月，千古耀高台。
水畔唐风引，樽前汉韵来。
阴阳容物化，稻麦盼春回。
携律从兹起，诗吟动地雷。

春　分

争妍花一树，声噪燕归来。
雨润峦山绿，风吹柳眼开。
天高穷远目，水碧映苍台。
相恋三春色，寻芳几顾徊。

步韵有和

风劲舞诗旌，同心百鸟鸣。
隋宫传古调，长白赋新情。
谦做寒林士，非将霸世争。
旋飞梁苑雪，侪辈不虚生。

卷三　词

玉甸凉·通榆墨宝园

石漫松烟，园藏翰宝。醉花阴，满庭芳、韵声袅袅。水绕廊廻浮淡雅，砚滴新音古调。镂月成歌，裁云作赋，幽梦遣怀入抱。玉璧悬珠，曲流觞、恰是兰亭复照。　　迢递回眸，向暝远棹。引长宣，品丹青、天低月小。凤舞龙飞归墨客，章印黄沙古道。峻览投情，虚怀寄意，望处乾坤浩渺。斗转星移，看今朝、换了无文旧貌。

玉甸凉·情寄通榆

大漠听风，小舟涌浪。雁声低，野草黄、牧歌嘹亮。谁遣胡笳归逝水，玉甸芦花正放。鹤舞乾坤，莺啼岁月，换了人间模样。满目湖光，踏莎行、剪那万千景象。　　勘海尤思，瞻榆作想。泛兰舟，醉太平、神怡心旷。马上琴音虽渐远，且引渔樵互唱。老树缠红，莽原叠碧、过眼真真难忘。鼓角征鸿，看关东、煞是旌飘韵荡。

兰亭梦令·女儿美国留学中秋有寄

中秋心寄月，子夜梦随星。穹天泪闪念儿情。老来闲愁多苦雨，思向一轮呈。　　鸿飞惊宿鸟，业立避浮名。远从隔岸待新声。大小登科双喜至，笑里醉金鲸。

海龙吟·感王云坤先生题写书名

松烟腕底升沉，墨浪池中起落。砚留香久，看龙腾虎跃。　毫端意泻三江，纸上情开五岳。待成新雅，献边侯一乐。

满庭芳·寄诗友

墨述山河，情萦骚客，古渡新曲流觞。两千清阕，谐律放疏狂。多少梅城故事，声声慢，尽赋辞章。休抛笔，明朝有盼，再解那缃囊。　思量。曾记否，行前握别，梦里回肠。正应了先言，聚短离长。绮句屏中闪烁，频入耳，逸韵飞扬。龙吟处，欲言还罢，寄个满庭芳。

海龙吟·梅河采风张家渡口

张家渡口留痕，石刻摩崖印迹。马蹄声远，且旋听御律。　三河古浪云烟，九曲新吟梦笔。韵飞天阙，任长歌傲逸。

海龙吟·梅河采风磨盘湖放歌

林中白鹭登枝，湖上轻舟破浪。水光山色，共沧波荡漾。 闲情岁月浮沉，笃意天风跌宕。放怀身外，醉清歌一唱。

海龙吟·梅柳吟唱

磨盘湖底沉情，渡口船中载月。八千云路，记沧桑始末。 一簾梅影轻移，半阕骚音慢彻。五奎山下，正花飞柳悦。

海龙吟·鸡冠山

叠峦冠立天峰，开碧花飞柳畔。一声鸡唱，唤三江鹭雁。 乘风百舸争帆，沥雨千枝竞绽。海龙吟罢，看华流玉甸。

海龙吟·磨盘湖感怀

湖中碧浪轻舟，云顶闲情白鹭。鸟鸣鱼跃，任风流慢步。 一弯冷月西沉，半阕华年渐悟。世间谁料？鉴千秋汉楚。

沁园春·梅河感怀

石刻摩崖，船口遗痕，云老雨新。看星天斗转，马蹄声碎；风烟水逝，土垒形珍。古醉留觞，长歌落日，御笔空余叹女真。寒山月，又轮回故地，换了乾坤。　　堪今异彩缤纷，任紫气旋将四季伸。更花团千树，霓红楼叠；桥连六岸，草绿茵均。一域芳华，千山秀色，纵善沧桑几度春。闲吟处，把清平乐赋，喜煞骚人。

兰亭梦令·鸡冠山有悟

林中穿小径，石底涌清泉。登临绝顶悟心禅。意马离缰随望眼，几度月儿圆。　　风烟含暮景，草木入流年。开怀唯觉醉乡宽。借问安然何处是，尽在水云间。

兰亭梦令·赞梅河口市

时风吹绿柳，季雨育新花。春桃秋菊夺谁家？百美图中多壮色，一任一芳华。　　聚来千岭雪，织出万寻纱。工兴商举富桑麻。祥泰柳边星斗灿，入眼满天霞。

兰亭梦令·寄梅河口市

乌纱移宦顶，绿水颂边侯。耕勤康泰对民酬。琢善梅津春几度？吟誉话从头。　宏图承远志，大业待筹谋。方针所指盛千秋。人愿天遂腾乐意，新曲唱风流。

风入松·醉江风

邀朋饮罢醉江风，霓映水流红。灯前眺眼峦山暗，任悠思叠叠重重。逝水耽情抱月，落花顾影悲彤。　晨霞日日染云东，无意览新虹。小楼昨夜春声远，踏莎行慢唱秋冬。谁遣梅华伴我？一声雁叫横空。

诉衷情·惜春

时光细数对风前，晓破柳含烟。春红怎奈秋老？万紫叹花残。　听夜寂，看云闲，忆潺潺。鹧鸪声慢，岁月流急，心曲难弹。

浪淘沙·北戴河休养

望眼碧连天。细雨生烟，飞鸥逐浪共风帆。鸽子窝前潮起落，万里雄关。　何处问悠闲。只向云边，星移柳月眺时圆。

挂剑悬车归旧我，颐养天年。

踏莎行·观喷泉感赋

月夜深沉，幽林寂静，霓虹乱了江中影。清歌慢曲舞喷泉，余音消尽山空冷。　　逝水难回，春声不永，残红退去休看镜。鹧鸪啼雨一声声，听闲杯酒南楼令。

满庭芳·省诗词学会成立三十周年

三十华年，渐成流派，喜闻塞上飞歌。韵携云水，岁月几消磨。长白圆虹再现，任凭那，风雨蹉跎。纵情远，关东无恨，诗墨染长河。　　征途尤任重。承先继后，袖舞婆娑。看花红果硕，满树青萝。千千程门立雪，齐奋棹，遍采香荷。吟旗烈，吹新晓角，锵玉共鸣珂。

扬州慢·赠于氏姐妹

醉我家山，地灵人杰，彩霓映照江城。觅清风玉露，喜百鸟歌鸣。柳丝下、游人携手，玉皇峦上，同赏春英。九龙亭、几许悠然，谁坐闲听？　　经年往事，别家园、梦盼归程。望皓月当空，繁星点点，泪眼瞑瞑。一十六年过去，光阴疾、逝水无声。举杯中残酒，明朝又是离情。

江城子·毛瑞璟奇石馆

千姿百态一家藏。舞霓裳，誉飞扬。鬼斧神工，绚丽绽三江。紫气东来称玉霸，威震远，势豪狂。　　松花染绿透悬窗。曲流觞，客牵肠。天造奇石，瑞景映斜阳。大美声名今向远，回眸处，满园芳。

江城子·留憾采风

应邀染恙未成行。恨徒生，欲难成。留憾西江，拙笔赋闲庭。秋色随风翻稻浪，红映水，柳花明。　　茫茫玉甸雁南征。暮云横，月东升。鉴古龙头，御膳奉前清。贡米香飘千里外，而今是，百家烹。

满庭芳·春伤

冬雪将残，川山渐绿，风摇花舞霓裳。一江春水，无意洗愁肠。雁字归来又远，烟云绕，望眼茫茫。投眸处，柳枝依旧，聚散费思量。　　难回，流年梦。三生石上，雨打西窗。碧波漾荷塘，不见鸳鸯。只恨时光易逝，云追月、落影苍凉。凭谁语？此情醉了，思绪共天长。

捣练子·秋山

天朗朗，日融融，霜染秋山一叶红。　　水映娇娆花五色，为谁装扮为谁容。

捣练子·秋夜

星灿烂，月朦胧，吹散闲云夜半风。　　一缕寒香谁与共，鸥声雁影已尘封。

捣练子·秋江

花寂寞，月孤明，九曲秋江水绕城。　　往事难回常入梦，朦胧似有旧歌声。

南柯子·感秋

白露寒霜降，秋山一树霞。无情逝水忆年华，剩把飘零忧思寄天涯。　　邀客三杯酒，听禅一盏茶。残红落木问黄花，谁在云林深处乐闲家?

乌夜啼·清明梦寄

凄凄入梦仙亲，醒无闻。窗暗潸然泪，雨纷纷。　　思不尽、空留恨、悼亡君。梦寄安知谁是？忆中人。

喝火令·梦从前

月剪窗前影，风翻案上笺。画廊深处柳吹绵。正是江波迢递，多情夏时天。　　水逝愁花谢，云开见月圆。几回梦里水潺潺。梦到从前，梦到过关山。梦到小梅初绽，迷眼一堤烟。

沁园春·南海阅兵

兵阅南疆，碧海波扬，列阵征航。看战机昂首，直冲霄汉；飞艇激浪，横渡平洋。甲午蒙羞，英魂报国，从此沉冤不在殇。旌旗烈，任风吹铁甲，何惧风狂。　　曾经几度风霜，叹无力兵微对列强。愿千军壮志，万民豪迈；所向无敌，指胜山江。盛世逢难，行坚路远，有梦中华漫路长。云天碧，正军民齐奋，振翅翱翔。

江城子·祝慧利生日

云伸云卷任疏狂，叹花黄，晚秋姜。雨雪霜风，箫笛夜吹凉。借得阴晴江上月，闲偷那，一丝光。　　老来回首恋家乡，试新汤，梦红装。苦短人生，谁个乐中王。知命之年逢寿诞，同举酒，永无疆。

临江仙·为友人生日作

十五生辰花共月，寒香寿祝娇娘。春开柳眼喜眉扬。和风吹暖意，厚德育贤良。　　知命之年知宿命，任它地老天荒。三生愿里少忧伤。素颜凝玉露，真情断柔肠。

虞美人·为洛之作

婷婷窕立寒香雪，袅袅漂清绝。随风摇柳舞东西，逝水难回舒笑看红霓。　　过眼烟云浑如梦，更有春思动。落花懒照镜中人，谁把新缘陈酒醉娇身。

鹧鸪天·为友人作

独抱芳心梦不成，潇湘竹雨滴窗棂。三杯泪酒娇娆醉，一缕梅香妩媚生。　　风荡柳、柳生情，相思最是夜无声。红飞花落云移月，芦笛春吹不了情。

浪淘沙·寄春

戍岁又开元。几度轮还？尘封苦乐忘时难。话酒曾经多少事，尽在云端。　　一梦醉幽轩，忘却流年。春风秋月乐悠闲。指上云飞三叠曲，知向谁弹？

五福降中天·狗年贺春

看鹅黄抽柳，戊戌犬吠寒关。春水延河边，斗转流年。崖下寒梅抖俏，岭上冰轮正圆。换了桃符，更新万象在人间。　　沉封旧历，眺望眼，芬芬满园。又是浪摇渔火，慢棹江川。轻风细雨，桃李不言争占先。举酒相邀，三祥五福降中天。

鹧鸪天·中秋五首

一

长白寻秋正月圆，为君一赋鹧鸪天。车中眺眼寻红叶，水上流银映玉盘。　　山五色，路三环，同行你我付前缘。嫦娥袖舞未央夜，冷照冰轮天际悬。

二

冷照冰轮天际悬，为君二赋鹧鸪天。中秋月照家乡夜，游子梦回慈母前。　　心有念，恨无还，思儿老泪滴灯前。黄花不解东篱愿，一阕忧歌到玉关。

三

一阕忧歌到玉关，为君三赋鹧鸪天。风吹冷雨秋花老，云过穷天逝水寒。　　晨灿烂，夜阑珊，人生不意月常圆，谁能解得心中恨，求对红尘一字联。

四

求对红尘一字联，为君四赋鹧鸪天。晨钟敲落霜晨月，社火绕红九里山。　　芦笛短，柳亭闲，潇湘泪滴小楼前。人间最是情难却，风雨常随爱恨间。

五

风雨常随爱恨间，为君五赋鹧鸪天。阴晴圆缺非关月，穷富尊卑不拜官。　　心寂寂，意绵绵，闲情任我钓长竿。梅红待染三冬雪，花落花开莫等闲。

采桑子·重阳

花飞木落空山寂，又是重阳。望眼苍茫，雁叫穹天玉甸凉。　　春华秋月何时了，几度风霜。逝水流长，寒彻东篱一缕香。

西江月·仲秋

雾漫仲秋晓月，风凉野岭苍山。枝摇陌上散寒烟，望断声声去雁。　　江碧潺潺逝水，云高淡淡悠闲。菊花冷绽柳条边，漫看星移斗转。

西江月·和横笛客

夜幕垂帘江月，三秋喜悦心融。嫦娥舒袖问苍龙，看取稻云翻涌。　　贡米声扬关外，幽燕韵彻香风。朱红御笔得芳名，引得九州歌颂。

西江月·西江贡米

畅饮关东冰雪，万般俗虑消融。山边水畔起黄龙，铺就一川幽梦。　　源起红茅寒稻，韵成玉露金风。得誉总理笑题名，唱续前清之颂。

浣溪沙·春分

已是春分地未干，何时新雨洗江川。飘零乱雪违时寒。　　有恨人生情不尽，无愁花季梦难全。云飞水逝两消残。

鹧鸪天·谢养根斋及诸诗友贺岁

贺岁篇篇句句情，誉言寄语挚心诚。思量一纸叮咛意，勿忘三江期望声。　　辞旧梦、步新程，而今迈步踏莎行。来年再到雪飞日，无限风光仔细评。

风入松·咏梅

孤芳笑绽滴寒峰，冰魄傲严冬。琼枝摇得三春早，乘风俏、玉瘦香浓。云影花前吞吐，松涛崖上翻冲。　　弦弹今古浪千重，漫笔写鸿蒙。每逢时令添新雪，余情付、淡染霞红。调寄一江平水，知来八面清风。

纪辽东·有感养根斋

竞利夺名何足夸，无欲是方家。养根奥壤苍松翠，长开智慧花。　　证史丸都几踏查，苦旅越时差。岁临甲子身心壮，云东一片霞。

纪辽东·情怀江源

江源撷韵大荒间，乘风各自还。雁去留声寻旧迹，苦旅百年艰。　　枫红叶老看苍颜，鹃啼五色山。涌浪江潮弯九曲，飞瀑响潺潺。

纪辽东·参观治安山城考古

残墙断壁感沧桑，山城隐大荒。玄菟丸都连汉水，旧事探迷茫。　　洛阳宫里舞霓裳，清歌寄调长。一纪辽东千古赋，继唱韵流芳。

纪辽东·感养根斋长白山绝顶见圆虹

谁曾绝顶沐天风，东荒一傲龙。百五登攀无二比，浩气感刘公。　　白云峰上又圆虹，奇观旭日中。苦旅诗情明月鉴，纪咏共霞红。

纪辽东·《公主岭风韵》出厂

一袖清风萦秀岭，又起响铃声。诗心敢向碑前诉，群山侧耳听。　　瑞兆圆虹呈万象，梦寄白云乡。三江浪涌新潮涨，兰香沁八荒。

纪辽东·九台会友

一纪清歌到九台，韵把石门开。秦皇岛上约期信，三河饮马来。　　调寄辽东玉树栽，壮志不须猜。承前绍继心怀入，新风拂旧埃。

纪辽东·通化诗词学会成立

雪漫佟江不觉寒，吟浪起东山。新征鼓角闻天向，山城当领先。　　一纪辽歌洛邑书，古韵发丸都。如今侪辈责尤重，壮心当有无?

纪辽东·心系玉树，抗震救灾

玉树临灾悼国殇，咽泪断悲肠。哀思遥寄西天远，牵情地水长。　　共赴时艰众志扬，助赈爱无疆。山鹰喜瞰雪莲笑，家园麦又黄。

纪辽东·祝贺纪辽东越千首

千首辽歌著上台，长白笑颜开。新音古调萦东野，鸿章赖俊才。　　立雪程门玉树栽，心语释幽怀。关山一脉成流派，留芳不费猜。

纪辽东·步韵和养根斋二首

一

弦弹古调彻林听，音萦鸭水情。心系丸都寻汉月，豆谷赖穷耕。　　吟旌展处起诗兵，天东喜莅盟。一纪辽歌流碧远，百鸟共争鸣。

二

风彻林涛夜肃听，声载戍边情。刘公阙半遗吟卷，韦编百次耕。　　笔奋三江铁甲兵，长白结诗盟，韵飘东野传千代，韶音伴石鸣。

南歌子·步周老韵贺沈鹏先生八秩华诞

春沐千山秀，秋澄一水清。酌成小句贺遐龄。但把松情雪意对尊倾。　　书法从来善，辞章老更成。云斤月斧楚天惊。正是芭心柳眼续诗经。

瑞鹤仙·贺养根斋老母八十大寿

看家山碧雪，明月色，寿贺萱辰耄耋。孤灯照无灭，陋庭承宗业，沧桑苦叠。呵蜂护蝶，九子成，冬冷暑热。更相夫奉老，勤善孝贤，玉骨冰洁。　　花甲堂前有母，饮叹谁同？泣心歔噎。瑶池叩祝，南山永，鹤仙悦。愿蟠桃捧日，天伦长乐，云霞红岁岁晔。得新歌拙曲，吟向德尊一阕。

一剪梅引·贺养根斋《一剪梅引》谱成

词林正韵补新章，榆柳歌飞叠韵长。才引兰香，又引梅香。冷艳有谁能画得，幽芬无意赖吟扬。总忆周郎，更忆张郎。　　别开一脉启东荒，诗出三千越汉唐。莺舞佟江，鹤舞松江。根养春枝凭雨润，花开秋岭对风狂。不为留芳，只为传芳。

水调歌头·为钟老夫人九十华诞作

历尽沧桑事，苦辣度经年。诞辰九十欢庆，天赐百年缘。只把相夫教子，沥血苦心甘愿，家业喜空前。鬓发已霜染，胜似老神仙。　　古今事，天上月，几多圆？不应有憾，花甲也愿有娘怜。舐犊情反哺义，不孝儿神鬼怨，谈甚做人贤。今把双亲敬，他日孝风传。

沁园春·观科尔沁草原赛马

大野苍茫，无际云天，碧草浪涛。看旌旗列列，人欢马啸；鼓雷阵阵，气贯云霄。骑士挥鞭，赏心激荡，蹄踏尘烟尽展腰。呼声助，见嘶哮飞骥，夺路先标。　　莽原依旧妖娆，只斗转、星移旧事消。叹成吉思汗，云烟霸业；孝庄太后，流水佐朝。榆老草新，盛邦华夏，手足神州演舜尧。乾坤业，勿烽烟再起，放马藏刀。

玉甸凉·中秋思怀女儿

今又中秋，感时临眺。月圆时、正凝眸、神飞天昊。欲向琼楼觅丽影，可那晨光已照。心自怀忧、泪咽合酒，只恨今宵月小。望眼空寻，寄断肠、遣去明轮共钓。　　彼岸寒窗、闺居西岛。念娇儿、这多时、魂牵梦绕。怅叹人间多少事，怎比天伦乐道。凿壁偷光，书成蕉叶，惊那家山宿鸟。雨滴芭心，恨夜长、把酒千杯嫌少。

满江红·通化市六届政协第一次会议感怀

几度春秋，又飞雪，江山绚丽。回望眼，沧桑漫道，合舟同济。善谏诤言参政事，乐将赤胆朝天寄。岁月酬，涌浪凯歌中，谁无醉。　　寒梅笑、春光媚，征路远、心潮沸。万千家国事，壮怀心底。昨日和风扶绿柳，今朝碧水流英萃。看东山，旭日染云天，迎新岁。

如梦令

六九春回扶柳，雪润冰枝梅瘦。新雨几时求？碧水浪花明秀。依旧、依旧，单把暮年添寿。

采桑子·有和

云天月下流云事，聚也因缘，散也因缘。不必愁情泪自弹。　　命中八字皆前定，喜也由天，恨也由天，笑对人生心自宽。

春光好·元宵

春潮涌，雪飞飘，又元宵。梅绽冰枝红满树，俏新娇。　　潮涌新岁新朝，看是处，五彩云烧。不尽春光心底照，乐逍遥。

长相思·和晓韵如梦

爱也愁，恨也愁。爱恨经年化水流，悔时白了头。　　云悠悠，雨悠悠。江月清辉任尔收，心舒好放舟。

浣溪沙·步白屋主人韵

半世沧桑心底埋，习吟曲韵向书斋。一轮明月照云开。　歌酒东山闻鸟唱，风烟绿野任君裁。梅花香自苦寒来。

卜算子·试和慧利君人体十二器官脏腑之心

挂帅统三军，帷幄乾坤志。血畅周天八脉通，绿染江州地。　木旺主阳升，水失无生气。善养两宫循五行，厚命从中利。

浪淘沙·贺长白山诗词学会成立

碧水逝三川，叠浪滔天。佟佳江畔聚诗仙。宋韵唐风吹李杜，好个仙缘。　旭日起东山，霞染峰峦。一天紫气满涵关。低唱高吟惊楚汉，月载歌旋。

浣溪沙·煮酒会友

一夜西风夜更寒，南山晨起雪如烟，直须煮酒在冬闲。　扶醉多因追旧事，乘兴方可尽余欢，醒时忘却醉时言。

鹧鸪天·谢养根斋及诸诗友贺岁

贺岁篇篇句句情，誉言寄语挚心诚。思量一纸叮咛意，勿忘三江期望声。　　辞旧梦，借东风，而今迈步踏新程。来年再到雪飞日，无限风光仔细评。

蝶恋花·和七子游

恨未如期应梦柳，样子沟游，少我桃源酒。不晓千杯人醉否，且知情透层山厚。　　八怪扬州诗画后，七子三江，劲写梅花瘦。诗入鸡林流韵久，新歌叠叠飞重九。

南乡子·孟姜女庙留思

塞上问长风，何落孤芳付海东。殉节为夫真烈女，情衷，哭倒长城未见容。　　贞庙掩苍松，不住烟香烛火红。金石悲天流远德，谁从，一枕忧伤梦不同。

浪淘沙·三月雪

飞雪舞春头，云淡风悠。冰消雪化大江流。冬去春来皆有数，何必添愁。　　旧事底心留，忘却绸缪。试将南北钓双钩。待到东山红染透，绿在河洲。

鹧鸪天·依轻舟韵作病后感

夏暑秋凉总忆春，人生苦短铸峦纹。一场病后知时老，三觉禅前恨酒醇。　　明借月，善修身，晨钟敲醒几多邻。魂归七窍孤心静，听雨听风和泪吞。

蝶恋花·和梦版故里情怀

拍浪一江春水沸，一树桃花，更比江南媚。江影柳摇千叠翠，犹怀故地离人醉。　　望月云追难入寐，游子情怀，寂寞思乡泪。天命有年知进退，梦寻故里三千味。

西江月·镇东楼感怀

碧浪千年拍岸，熏风几度吹柔。曾经沧海浊清留，看那云前涛后。　　塞北天连楚汉，关南地接春秋。镇东楼上忆边侯，且是情长恨久。

浪淘沙·听南沙群岛形势报告有感

水远寄边愁。域海蒙羞，凄风耻雨叹春秋。亿万神州何所惧？仰问飞鸥。　　鞭怒向谁抽。浴血驱仇，孤心剑胆对天酬。驰马南疆消此恨，还我礁洲。

何满子·春勉

岸柳初抽新绿，云霞一抹尘迷。昨夜飞琼晨不见，东风剪碎涟漪。日月一生易过，地天千古难齐。　　得味闲沽老酒，殷勤燕子新泥。碧浪颠摇江上月，任它斗转星移。往事不追旧梦，闲情自有东篱。

喝火令·贺佟江诗潮开版两周年

玉笛流音远，佟江咏浪高。曲环声绕展英豪。紫气会临冬雪，春意俏梅梢。　　晓色千般好，冰花别样娇。凯歌旋唱上云霄。望眼佟江，望眼又新潮，望眼彩云红透，指日更妖娆。

一剪梅·步韵和唐仁举先生

绮靡翔回老岭东，响彻云中，又入怀中。诗涛雪浪韵重重。不为梅红，且为情衷。　　谁把奇缘见宇虹？玉撒巅峰，霞染霜枫。琴弹新曲鹤翻空，君舞长风，我击编钟。

纪辽东·有寄

醒来一梦晚秋光，青乌似雪狂。愁绪难消嫌昼短，少睡怕宵长。　　宽心便是延年浆，胜于辟谷方。醉月吟风真我计，均比利名强。

踏莎行·和秦晓芙

长白峰奇，佟佳雪碧，百年苦旅心中忆。辽东一纪赋丸都，关东诗阵关山立。　　盛世当歌，群贤奋笔，琴箫同奏和谐律。承传侪辈待吟成，柏梁化作方天戟。

纪辽东·和养根斋海峡诗会

同宗血脉溯长江，千年一苇航。新曲萦空歌两岸，逸韵起前唐。　　云连八闽接关东，相携鼓浪中。雅赋龙岩圆旧梦，旭日破朦胧。

浣溪沙·和周笃文先生

山色苍茫酿雪天，晴开高月韵相连。一番寄语破春寒。　　已是烟波笼岸柳，正期花信到云边。东风管领众声喧。

西江月·贺李元才书法集出版

长白桦松奇恋，丸都山水幽迷。圆虹又现挂云池，亦是天心酬志。　　证史千书文灿，续编几忘身疲。辽东一纪解玄机，笔下鸿章巨字。

喝火令·元宵烟火灯会

竹爆元宵夜，歌融一市情。映城烟火照天明。迷眼彩云追月，射虎醉千灯。　　瑞兆应年好，梅邀翌日盈。绽春风舞九州腾。斗转星移，斗转柳梢青，斗转雨新花灿，万象许峥嵘。

纪辽东·贺《中华诗词文库·吉林诗词卷》付梓

清歌一曲洛宫赋，天东共唱珍。弦索音扬流百世，遗韵感遥芬。　　三江浪涌旌旗猎，盘山固上根。长白新霖滋树茂，毓秀辑千军。

南楼令·诗收两千楼

辉发演风流，龙湾惹韵悠。外柳边，雨夏霜秋。长白汇存曾有记，越百载、忆先侯。　　响水彻林幽，吊壶对客酬。采风行，诗笔难收。大雅集成当不远，歌吟罢、两千楼。

洞仙歌·游望天洞

神倾府底，探鸿蒙迷妙。百态千姿问谁造？夺天工，尽把鬼斧神雕。琳琅目，傲展天骄地俏。　　看撑天玉柱、贺寿蟠桃、倒挂冰荷乳帘吊。更见玉幽寒、曲岸层湖、神龙舞、秀灵仙草。

叹百代、人间几多求，只洞里奇观，望天凭眺。为传芳。

一剪梅引·为谢辉南而作

人移辉发几春秋，却看而今掌印侯。尹也风流，丞也风流。壮志云霄图社立，呕心桑野虏春收。昼费通筹，夜费通筹。　　济成百业筑边州，俯首甘为孺子牛。风也同舟，雨也同舟。守政行权勤事业，策鞭驰马越层楼。民自无忧，官自无忧。

沁园春·水

雪雨云霜，地纳天藏，四海五洋。孕生机万物，人间灵性；涓潺涌啸，喜怒流长。体透晶莹，清波碧浪，善治方可福禄偿。无反逆，透清凉天色，镜里辉阳。　　纵观世事沧桑，得众意、民心为大纲。看康荣唐盛，谁曾不是？恐心无道，涛浪翻狂。天地和谐，风调雨顺，当记前车方瑞祥。千古训，善民如善水，切无狂强。

沁园春·赠通辽市政协

大野苍茫，天水惊涛，松冠榆娇。正牧羊追马，花芬影落；迷蜂舞蝶，云淡香飘。长白林深，佟佳浪涌，峰转崖回天路高。舒望眼，看风光无限，一派妖娆。　　波光清影轻摇？天地渺，江山尽在描。更情牵两地，春秋共醉；心连四海，诗赋相交。黑土缘深，红山义厚，同架长空五彩桥。征程远，愿峥嵘岁月，盛世明朝。

沁园春·观北京奥运开幕式

击缶迎宾，天地和鸣，紫气旋升。看一帘展卷，汇通华夏；五湖携朋，涌聚瑶京。夙愿经年，今朝魂绕，圣火五环迎日恒。叹三问，正星天月下，大梦今成。　　长空雷鼓声声，呼号烈，奇观开幕惊。更鸟巢圆小，尽装世界；水立方大，难负欢情。飒爽英姿，凌云壮志，各显烽台奥运星。凝望眼，集屏前激荡，逐浪输赢。

水调歌头·张福有先生百次登长白山感赋

长白勘今古，甘苦奥奇中。岳峤百次攀越，绝顶舞天风。林蔽日云遮帽，几度苍茫古道，旧事岁寒松。山菊送春客，秋水又相逢。　　迎朝阳、追皓月、破迷蒙。晨晖暮雨，梦笔五彩染红枫。为上叠峰钓雪，十载何曾安歇，敢问有谁同。霜重丹心在，气贯大江东。

沁园春·长白山咏叹

长白雄巍，万木葱茏，天水滔滔。看奇峰浩远，云缠雾绕；瀑流湍落，玉溅珠抛。峡谷锦江，风幽草碧，野甸蓝莓任客淘。三生愿，叹桦松奇恋，绝代姣妖。　　悠悠古道声飘，谒纪咏，刘公阙半谣。喜鸡林新曲，传承昨日；程门立雪，吟唱今宵。镜映霞红，龙横阜岭，不负苍山如此娇。登临意，更底心冲发，直上重霄。

满江红·国庆

六十春秋，迎国庆，五湖欢跃。云阙里，一轮明月，旧阑新阁。火树银花冲瀚宇，歌潮人海连山岳。抬望眼，看亿万神州，星光烁。　　百年恨，风霜恶，驱耻辱、长缨握。看雄师到处，旌扬旗烈。华夏开元征路漫，岁旬甲子松山鹤。待从头，四海共扬帆，冲天拓。

石州慢·杨靖宇将军殉国七十周年祭

眺眼苍茫，凭吊感心，怀念英烈。当年驱敌三江，为国忠魂无灭。横枪林海，立马风雨寒涛，抛颅何惧铭高节。长白怒悲声，恸蒙江涂血。　　晴雪，东山松翠，碧映丹心，浩歌清绝。七十年来，旧恨亦当思察。而今我辈，勿忘国耻民忧，永明皓月冰华澈。继志告穹天，护神州如铁。

莺啼序·龙湾采风有感

清风正迎柳意，又莺声好索。雨晴晚、红染云天，尽观霞岭山色。悦声起、歌萦水榭，音飞破寂冲云侧。夜深深，情荡心随，一怀平仄。　　尽览龙湾，苍山揽黛，更千峰拱碧。天来水、招入仙溪，吊壶喷玉倾珀。翠金间、烟升际阔，气清婉、幽回青壁。锦屏深，轻把斜阳，绿林光射。　　星移斗转，月照回波，却坦掩野陌。犹记得、拜音达理，叶赫那拉，阵列旌旗，鹿踪无迹。春秋几度，英雄归去，人离歌散箫声破。怅秋风、叶落知谁错。痴情不逝，沧桑不负天心，喜今此无艰厄。　　堪芳景媚，日影初长，看岭川丽硕。望眼处，川花千陌，夜引初桐，藉地柔茵,蟾宫华魄。琴书换日，莺鸪声烈，江天呈展新画墨。正应时、好把诗章作。吟旌曼舞云天，大乐传声，永留史册。

总 跋

经与蒋力华先生多年的思考、谋划与操办，在我省老领导王云坤、张岳琦、唐宪强的关心、支持下，在吉林省委宣传部、吉林省财政厅、白山市委、吉林省文史研究馆、吉林省长白山文化研究会和时代文艺出版社的大力支持下，吉林省诗词学会、长白山诗社认真操作、实施，“长白山诗派丛书”终于面世。

“长白山诗派丛书”，原思路是编撰“长白山诗词流派丛书”，以长白山天池为发端，将沿大泽、松花江、鸭绿江、图们江、伊通河、东辽河、辉发河、浑江、牡丹江、嫩江等江河的诗人之作品分别结集成卷，再加上一卷黑土地农民诗人卷，共编辑出版三百卷，已经列出入围名单。在征求意见时，各方普遍感到规模过于庞大，缺乏财力支持，难以启动和实现。后来，便收缩了范围，缩小了规模，改为“长白山诗派丛书”，规模为一百卷，分三年完成。2019年，是新中国成立七十周年，就先出七十卷，向国庆七十周年献礼。2020年，是长白山诗社成立三十七周年、吉林省诗词学会成立三十三周年、吉林省长白山文化研究会成立二十周年，再编辑出版三十卷，完成一百卷的创新、补白之举。

中国作为诗的国度，“诗派”之说古已有之。盛唐之诗代表了唐诗的最高成就，这是唐诗的第一个高峰。其标志是两大诗派：一是以王维、孟浩然为代表的山水田园诗派，二是以高適、岑参为代表的边塞诗派。李白和杜甫是盛唐双峰并峙的伟大诗人，他们的诗歌代表了唐诗乃至中国古典诗歌的最高成就。唐德宗贞元到唐宪宗元和年间（785—820年），唐诗发展的第二个高峰出现了。其标志也是两大诗派的崛起：一个是以白居易为首，元稹、张籍、王建、李绅等人为羽翼；另一个是以韩愈为首，孟郊、贾岛、卢仝、李贺等为羽翼。他们面对诗的创作“极盛难继”的困境，敢于追求变化创新，努力从博大精深的杜甫诗中汲取开拓创新的思想艺术营养，学习杜甫“因事立题”、用乐府诗反映民生疾苦，使杜诗的现实主义精神得到进一步发扬光大。他们继承了杜甫在艺术上刻意求新、富于创造性的精神，写险怪、写幽僻、写苦涩、写冷艳等，以散文章法、句法入诗，并且大量使用一些非前人诗中所习见的词语，押险韵，拓展了诗的表现领域，丰富了诗的创作手段和艺术风格，推动了唐诗的发展。现在，我们距唐诗第二个高峰，已历约一千二百年。

清代诗人宋荦在《漫堂说诗》中写道：“唐以后诗派，历宋、元、明至今，略可指数。宋初晏殊、钱惟演、杨亿号‘西昆体’。仁宗时欧阳修、梅尧臣、苏舜钦谓之欧、梅，亦称苏、梅，诸君多学杜、韩。王安石稍后，亦学杜、韩。神宗时，苏轼、黄庭坚谓之苏、黄。又黄与晁补之、张耒、陈师道、秦观、李廌称苏门六君子。庭坚别开‘江西诗派’，为‘江西’初祖。南渡后，陆游学杜、苏，号为大宗。又有范成大、尤袤、陈与义、刘克庄诸人，大槩杜、苏之支分派别也。其后有‘江湖’四灵徐照、翁卷等，专攻晚唐五言，益卑卑不足道。金初以蔡松年、吴激为首，世称‘蔡吴体’。后则赵秉文、党怀英为巨擘，元好问集其成。其后诸家俱学大苏。元初袭金源派，以好问为大宗。其后则称虞（集）、杨（载）、范（椁）、揭（徯斯），元末杨维祯、李孝光、吴莱为之冠，前如赵孟頫、郝经，后如萨都剌、倪瓒，皆有可观。明初四家，称高（启）、杨（基）、张（羽）、徐（贲），而高为之冠。成、宏间李东阳雄张坛坫。迨李梦阳出，而诗学大振，何景明和之，边贡、徐祯卿羽翼之，亦称四杰，又与王廷相、康海、王九思称七子。正、嘉间又有高叔嗣、薛蕙、皇甫氏兄弟稍变其体。嘉、隆间李攀龙出，王世贞和之，吴国伦、徐中行、宗臣、谢榛、梁有誉羽翼之，称后七子。此后诗派总杂，一变于袁宏道、锺惺、谭元春，再变于陈子龙。本朝初又变钱谦益。其流别大槩如此。”

关于清诗流派，众说纷纭。《清诗流派史》一书细分了二十多个诗派，竟无一个长白山诗派，显然值得思索与商榷。长白山诗派是个客观存在，不论是否论及，都否定不了其实际上的存在。这一点，本书总序中已有论述，恕不赘言。

长白山地处东陲，“东陲无文”之见根深蒂固。传承、繁荣长白山诗派，是长白山地区诗人责无旁贷的使命。在这方面，我们努力了。从1994年蒋力华在白山市主持召开全国第一次长白山文化研讨会、1996年我在白山市主持召开全国第二次长白山文化研讨会、1998年我在白山市主持召开第三次长白山文化研讨会暨《长白山诗词选》首发式起，我们持之以恒地努力了二十多年。这二十多年，我们主要做了三件事：

一是，梳理了长白山诗词在中华诗词中的源流关系。雄伟的长白山和广袤的关东大地，是孕育长白山诗词的肥沃土壤。类利的《黄鸟歌》，是长白山下第一首有确切作者名字的带有《诗经》风格的四言诗。隋炀帝的《纪辽东》，是词的源头。其中写道“清歌凯捷丸都水，归宴洛阳宫”，丸都，就在长白山下。李世民的“驻跸俯丸都，伫观妖氛灭”，亦然。李白的《高句丽》《送王孝廉觐省》，直接写长白山下的土著。苏东坡的《人参》，直接写到长白山的特产。陆游的“鸭绿桑榦尽汉天”“却回射雁鸭绿江”，都是写长白山发源的鸭绿江。张元榦的“山拥鸡林，江澄鸭绿”，正是长白山的景物。王寂的《张子固奉命封册长白山回以诗送之》，是以诗证史的权威诗作。赵秉文的《长白山行》、刘敏中的《卜算子·长白山中作》，不可多得。元曲中的“雄赳赳，气昂昂”，成为中国人民志愿军军歌的歌词。朱元璋的《鸭绿江》，康熙的《望祀长白山》《松花江放船歌》，尤侗的《长白山赋》，吴兆骞的《长白山》《长白山赋》，曹寅的《乌拉江看雨》，纳兰性德的《柳条边》，乾隆的《望祭长白山》《吉林土风杂咏十二首》，顾太清的《冰灯》，吴大澂的《皇华纪程》，张凤台的《赠刘建封勘查长白山》，刘建封的《白山纪咏》，吴禄贞的《又留别长白山》等，不胜枚举。两千多年，诗咏长白，一脉相承；脉发长白，源远流长。中华民族诗的传承在东北、在吉林有脉可寻。从隋炀帝的《纪辽东》到康熙的《松花江放船歌》，就是一部史诗，也是关东大地的历史，清晰地记载着、深远地影响着中国的历史。以诗可以纪事，以诗可以证史。

二是，搭起了以诗词贯通古今的桥梁和平台。新的长白山诗派，由1998年《长白山诗词选》的出版开始，代表着新气象之开端，至今已二十一年。2004年，吉林省诗词学会与“中华诗词论坛”合办“关东诗阵”，至今已历十五年。“吉林诗词现象”“关东诗阵现象”，已经在中华诗词界得以公认。这应是中华诗词由复苏到复兴进程中的新生事物。我们以“关东诗阵”为主要平台，组织东北以及关内关心东北地区诗词文化建设的诗人，坚持集中开展采风创作，紧紧围绕长白山诗词流派建设，以诗纪事、以诗证史，在创作中培养、提高队伍。“吉林诗词现象”和“关东诗阵现象”，实质上是当代中华诗词的一种创造性实践，是长白山诗派复兴和崛起的象征。

自2007年以来，我们搞了二十多次采风创作，在吉林人民出版社、吉林文史出版社、时代文艺出版社出版了二十多部大型主题诗词专集。在“华夏杯”等全国诗词大赛上，邵红霞等诗人多次获大奖，吉林省诗人甚至曾囊括一、二、三等奖和优秀奖。

《长白山诗词》杂志，有国内和国际公开刊号、有经费、有编制，成为诗人永远的家园……《长白山诗词》创刊三十五年，已出刊一百五十期，刊发诗、词、曲等七万多首。《长白山诗词选》收录诗词作品一千一百六十一首。《中华诗词文库·吉林诗词卷》刊发诗词三千五百五十五首。二十多部采风专集收录诗、词、曲、赋三万余首。直接写长白山等景物的计约一万五千首。这是之所以敢称长白山诗派的雄厚的诗词作品基础和现实的工作基础。

三是，培养了队伍，创作了一批标志性作品。拙斋与蒋力华先生写长白山及关东地区景物的诗词，都在一千首以上。这都是从来没有过的。我们整理、新创了《纪辽东》《玉甸凉》《海龙吟》《一剪梅引》等新词牌，得五千多首作品，温瑞先生称其“具有里程碑的意义”。自2005年以来，连续十五年举办迎春唱和活动，范围包括全国各省，和诗数量近万首，古之未见。在诸如“呼唤”“蟹岛唱和”“海棠雅集”等当代国内最重要的诗词活动中，我们大致都提供了二分之一的作者、三分之二的作品。范围之广、数量之大、反应之灵敏、集结之快速，都是关东诗阵、诗域吉林的特殊存在、实力所在。拙作《张福有诗词选续辑》的出版，被誉为当代长白山诗派的代表作和巅峰，直接促成了“长白山诗派丛书”的立项。

从诗教和诗词基本建设方面来说，我们有意识地下了很大功夫。吉林省诗词学会老会长、长白山诗社社长张岳琦携女张昕所著的《诗词格律简捷入门》，一版再版，深受欢迎。拙著《诗词曲律说解》，公木先生作序，畅销南北，免费发在“国学宝典”网上，惠人无数。吴文昌的援藏援疆新边塞诗，蒋力华的《纪辽东》，张应志的《关东历史名贤百咏》，温瑞的民间风情，聂德祥的《虎啸集》等，都可圈可点。在被周笃文先生誉为“关东铁军”的兵团中，有十分耀眼的女子方阵和农民方阵。王述评、于子力、胡玫、王丽珠、赵凌坤、李容艳、奚晓琳、黄春华、陈静、卢海娟、林丽、吴菲，被称为“十二仙媛”，出版了《十二仙媛集》。许清忠、李彦、刘振翔、张利春、王雪梅、王玉孚、杨丽、高俊香、常红岩、冯振江、杨秦山、郎丽萍、金福昌等一批农民诗人和赵志梅等一批工人诗人，已经成为吉林黑土地上的知名诗人。

由上可知，2010年杨金亭先生关于“可以说，长白山诗词流派，现在已经初步形成”的概括，是符合实际的。面对如此丰厚的成果，我们有责任将其裒辑成卷，以便于当代及后人研究。我们面临一个新时代、好时代。这一时代的长白山诗词创作，着眼历史使命，秉持人民立场，坚定文化自信，繁荣诗词创作，记载发展历程，积累创作经验，是不可断条、不可或缺的。留下我们所处时代的诗的韵律、诗的画卷、诗的记忆，不负我们所处的伟大时代和庄严使命。这套丛书的出版，也有助于消除“东陲无文”的偏见。

“长白山诗派丛书”已入选的作者和作品，无疑是当前吉林省和辽宁省、黑龙江省诗人中的佼佼者和代表作，但并非没有不足之处。同时，由于名额所限等因素，还有一些作者、佳作未能入选。这当然是一个遗憾。好在还有多种渠道和路径，会不断弥补这个遗憾。应当相信，只要是好诗词，就不会被埋没。

“长白山诗派丛书”的出版，既是对一个阶段长白山诗词成果的集中检阅，又是一个新的起点和标志。以往若干研究中国东北文学和诗词的学者，大都无视当代旧体诗人之作。这不能怪别人，至少我们没有系统呈现这方面的丰硕成果。相信“长白山诗派丛书”出版之后，这一情况会有所改观。如此丰硕的诗词成果，是不容忽视的。至于如何评价，那是又一回事，而且对于现在来说，那不是主要的。是非成败，悉由后人评说。

最后，还要由衷地感谢王云坤同志为“长白山诗派丛书”题签。感谢省委宣传部和时代文艺出版社，自觉贯彻落实习近平总书记关于文化建设一系列重要指示，积极立项“长白山诗派丛书”一百卷。这是长白山文化事业建设的大举措，是一种高度的文化自信和文化自觉。时代文艺出版社决定要出精装本，精心选择印刷厂家，体现了高度重视和担当精神。在编辑的过程中，经费不足，得到了白山市委的给力支撑，这也是高度的文化自信和文化自觉的鲜明体现。全省各级诗词学会和诗词组织，认真贯彻落实省诗词学会的部署，精心选择、推荐作者，积极帮助准备作品，在极短的时间内，高效地完成各项任务。所有作者都积极主动，像珍惜生命一样珍惜这样千载难逢的好机会，认真选稿，反复修改。“长白山诗派丛书”的主编、副主编、编委会成员以及出版社的编辑、制作团队，日夜兼程，加班审稿、改稿，扫除差错。正是各方面的配合与努力，使这项空前的诗词文化工程得以顺利完成，并以此向新中国成立七十周年献礼。

总跋赘语

赫然百帙出东陲，率发洪荒力共推。
十六奇峰围大泽，三千弱水毓雄碑。
磬音启昧缥缃醉，手斧披榛锦绣维。
聊引遐陬通韵府，一开绮卷一扬眉。

張福有

2019年4月20日于长春养根斋